看不見的台前幕後

王奕盛——著／攝影

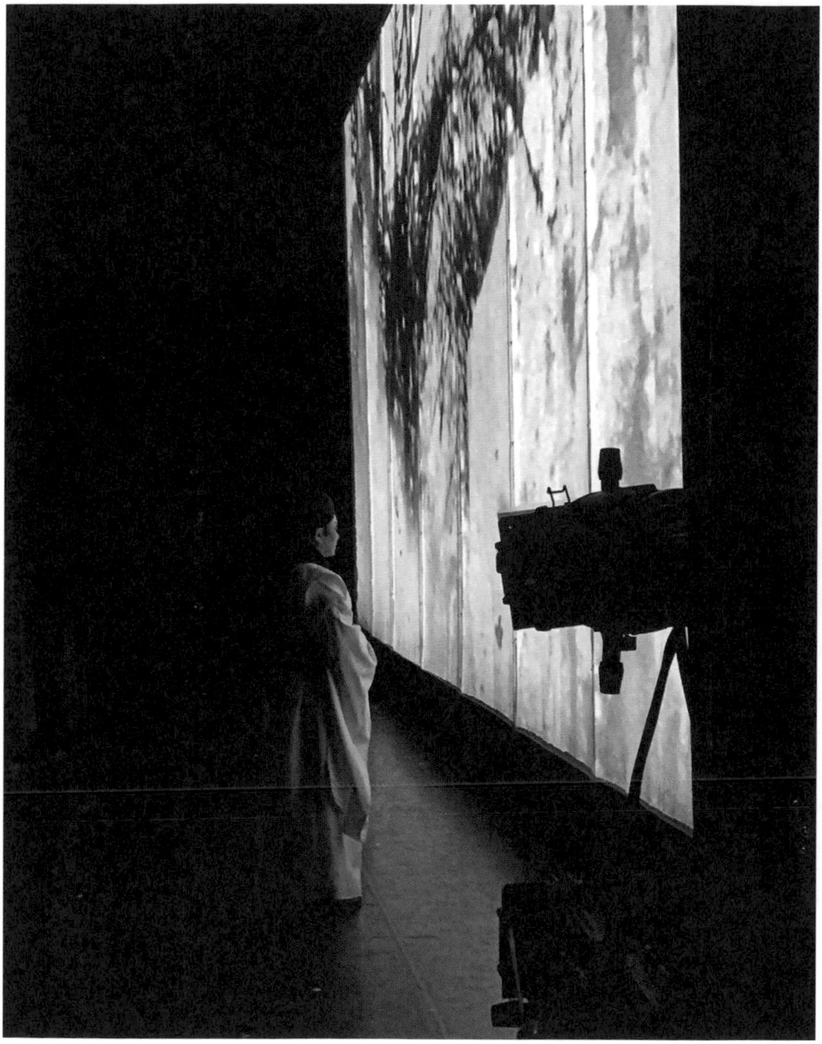

獻給我的父母、哥哥、妻女、還有不曾停止焦慮的自己。

目次

推薦序

黑暗中的致命吸引力

陳勝福——明華園戲劇總團 總團長

「劇場」是一個充滿魅力的工作場域，一旦走進去應該很難有人可以抗拒這個經常在黑暗中探索，卻充滿挑戰的世界！就算排練數百次、演出上千場，舞台前後瞬息萬變的狀況，不正是「劇場」最吸引人的地方！

奕盛的劇場回憶錄，也開啟了明華園的記憶庫，從他的記憶拼湊，行政同仁們很努力的希望能找回他正確的記憶，但很遺憾的二十多前從國家戲劇院巡演基隆文化中心、臺中中山堂的戲，彷彿從檔案庫中消失，工作人員名單也因為年代久在電腦不發達的年代沒有留下完整的紀錄！

「演出中布景卡在尷尬的位置」是現場演出大家最不樂見、卻很無奈的事情，重點是怎麼樣化解這樣的危機，這麼多年來在每一次失誤中，我們記取教訓，降低失誤的風險，特別感謝這些永遠第一個抵達、最後一個離開演出現場，默默付出的幕後黑衣人對劇團的特殊貢獻，讓大家不斷的成長。

被操到立下志向此生「不做劇場」的臺灣劇場界影像設計大師王奕盛，二十多年前竟然就和明華園結下這樣的不解之緣，技術人員到設計大師，他見證了明華園的變與不變，很慶幸他沒有因為明華園而放棄了劇場！深知劇場人的辛苦、劇團經營的艱苦，用他的專業豐富了臺灣的表演藝術，將他的工作點滴集結成冊分享經驗，在此，向他致上最深的祝福與感謝！

推薦序

最會說故事的影像

唐美雲——國家文藝獎得主、唐美雲歌仔戲團創辦人

俗話說戲如人生，真的一點也不假。人的一生其實就是無數個「緣」的交集，而這些「緣」也會帶著你前往不一樣的地方。

與奕盛老師的結緣可以回溯到二〇〇九年的旗艦大戲「宿怨浮生」，當時劇團渴望藉由跨界合作與現代劇場的技術，為傳統戲曲開創另一片新天地，而「視覺影像」正好能夠豐富「看戲」所需要的感官饗宴，所以在固定班底——舞台設計王世信老師的牽線下，從此劇團又多了一位長年合作的好夥伴、好家人。

奕盛的個性隨和，總是以溫文儒雅的形象翩然出現。在會議中，他習慣以聆聽代替發言，仔細捕捉製作團隊在隻字片語裡想傳遞出來的主題氛圍，精準挖掘出蘊藏在劇本裡的故事張力，再藉由敏銳的巧思將這份抽象的情感具現化為各種視覺元素，最後透過觀眾的眼簾，不著痕跡地刻入心靈之中。

在早期，視覺影像只是輔助的角色，重點在序場、結尾與某些重要橋段的設

計，但如今比例卻愈來愈吃重，再也不僅是氛圍的營造與延續，而是歸屬舞台美術的重要部分，必須擔綱「幫忙說故事」的重責大任。因此奕盛就要宛如影像魔術師一樣，不停變化出劇團所需要的效果與內容，也幸好奕盛長期接觸傳統戲曲、歌劇、現代戲、舞蹈等不同表演風格的設計，所以擁有多元化養分的他，始終能夠滿足劇團「承傳統、創新局」的宗旨與目標。

善於溝通且高ＥＱ的奕盛，永遠對自己的作品精益求精，只要每經過一次彩排或記者會，影像的完成度就會有卓越性的提升，甚至到開演前都還「不放過」最後調整的任何機會，也正是這分如同為家人奉獻的拚鬥精神，讓劇團深深感謝並信賴著。

好的戲曲要不斷推廣，而好的緣分也要不停延續，相信奕盛與劇團的善緣故事，會一直在彼此的生命劇本中演繹下去，並與劇團一同帶著歌仔戲前往更寬闊的世界舞台。最後，很高興劇團有這麼一位靠得住的家人，更開心奕盛要出書了，希望讀者能夠更加瞭解這位才華洋溢的藝術家——最會說故事的影像，以及每個影像背後的故事。

不做劇場

故事忘了發生在大學哪一年，不太確定，雖然二十多年時間感覺一下就到，卻足以讓一切記憶變得模糊，每當跟幾位同學聊起這段往事，往往各自有各自的想像，有的說發生在大三，有的則說是大四，但我很肯定那個時候我已經立下志向，就是此生不做劇場了。

大學時期很多時候都是在北藝大的布景工廠裡度過，有時是做作業，有時是打工；那時候的工廠二十四小時開放，沒有門禁，經常為了繪景或製作技術課的作業待到深夜甚至凌晨。

偶爾聽聞同學被學長姐帶去外面工作十分羨慕，同學裡也有幾位因此跟學長姐走得很近的，成為他們缺人手時的首選。某次傍晚在工廠，幾天沒睡好，腦袋昏沉，偶然經過的學長看到了我，看來他也因為一直無法把人找齊而苦，所以才會問到我這裡來吧！大學時期我偏瘦，幾乎是弱不禁風的地步，一八〇公分的身高只有六十多公斤，所以舞台組挑人時通常被直接跳過，畢竟看起來就不耐操；燈光組挑人時也因為我主修舞台設計，對燈光幾乎一竅不通的緣故，所以不被納入考慮，因此可以證明學長真的是缺人缺到瘋了，才會問我：「你下下週有空嗎？」

突然受到學長青睞，我喜出望外，卻又要掩蓋雀躍的心情，假裝檢視一下全空白的，只在某幾天記下超級不重要行程的行事曆，然後故作思索狀地回說有空，好因此提高自己的重要性。簡單詢問了工作內容，但其實也沒有太仔細聽，心裡只不斷歡呼著被學長找去工作的成就解鎖了，解鎖了！

後來在跟同學的談話中，才知道班上只要是男丁的都被同一位學長找了，心裡除了感到有人作伴的踏實之外，卻也不禁狐疑起，怎麼連比我瘦弱的那位也被找來了？還有那個從來不接外面案子的二哥怎麼也在這次的名單之中？看來學長是費盡心力沒有其他選擇才找到他的，而他們的存在相對的也說明了、削弱了自己的重要性，讓我那陣子還因此有些沮喪。

兩週後的某日清晨，被徵召的男丁興奮地到了國家劇院，這裡平常只有看戲才會來的，我們還是第一次以工作人員的身分踏上劇院舞台，雖然在學校已經待過不同組別的實習，但要參與專業劇團的工作，能力上還是不足的。只是年輕真好，當時完全沒有在怕，甚至覺得自己可以勝任一切，是個充滿無知自信的年紀，是個被需要就很開心的年紀。

最近當我問到當初參與的同學們對於這次打工的回憶時，得到的回應總是眾說紛紜，有人說其實不是在劇院，有人說其實是三週，總之有這回事是沒錯的，而且很肯定的是明華園的製作，這點記憶大家倒是口徑一致。至於是怎麼來到這劇場的？怎麼被分配到不同部門工作的？甚至連那齣戲叫什麼名字？則一點印象、交集與共識都沒有。

不知道在劇場待了幾天，好像有好幾週那麼長，每天一大早進到這個整天曬不進太陽的封閉空間裡，黑壓壓的，一直聽從指令做事，一下子是布景貨車來了，大夥湧上將布景卸下，然後搬運布景至後台協助組裝；等到布景差不多了，則協助搬燈、掛燈，無奈功力又不足以登上調燈車調燈，只能在車旁扶著，聽從上面學長口令，往旁邊一點或往左右一點，然後在下方不斷重複著「動你喔、動你喔……」這句話並移動著車子。可能是因為我們不負責主要工作的緣故，感覺只是一直聽指令付出勞力，不太需要也不太敢有過多思考，甚至連接下來的時段該做什麼事都不太進入狀況，時間感在這空間因此變得漫長，每天只是被兩次吃飯時間切割為三個時段，重複著。

裝台階段結束後，我被分配到左舞台某側燈架旁，負責某些道具的換景，以及某些轉場時刻抽換側燈上色紙的工作。曾經也有過這樣的記憶：我躲在黑暗的平台車底下，伸手不見五指，頭戴通話器，等候換景時間一到，通話器傳來「換景，走！」的指令，然後在黑暗中以匍匐前進的方式，將台車推到地上貼著特定形狀螢光膠帶的位置，在急迫的時間內扮演著「人體自動控制」，讓台車彷彿自己移動到它該有的位置。這份記憶並沒有太深刻，但想到卻很真實，我猜測會不會是一直執行不好最後被換掉的緣故？因此才會被換到換景與換色紙的工作。

換景時間又到了，戲劇來到高潮，場上主角驚呼一聲：「哎呀！」此時燈光瞬間收掉，舞台監督喊下：「換景，走！」我與另位同學各自抱著圓桌一角，圓桌上還有兩張圓凳，衝上舞台。年輕時的眼睛不像現在，在黑暗中很快找到屬於圓桌該被定位的特殊形狀螢光膠帶，兩人將圓桌一擺，挪好方向，隨即一人一張將桌上圓凳再放置到另一個螢光膠帶上擺放。同學在黑暗中衝下台，與另一人繼續搬另一組道具上台，而我此刻的另一項重要工作則是跑到軟景布幕旁，像拉窗簾一樣將軟景收至定位。

這道大窗簾可不像家裡窗簾，而是一道高超過七米、寬超過十幾米的巨大窗簾，側台不斷催促：「緊！緊！咯緊！」我死命拉著繩索欲將軟景收起，卻怎麼樣都拉不動，上方滑輪似乎卡住了！忽然側台又衝出一個黑色人影，跟我一同拉起繩索，並說：「咖大力一點！來！一二三！」就在一二三的三喊下同時，我們兩個幾乎用盡身體重量一起拉下，上方滑輪發出咯的一聲，從此完全卡死，再也拉不動。側台對我們喊著：「下來！下來！要燈亮了！」我們兩人只好趕緊衝下。燈亮了，軟景卡死在一個尷尬的位置。這個黑衣人就是明華園的社長，燈亮後他已經趕至舞台另一邊處理其他事務。

往後幾年當我多次遇到社長時，總會想起這段往事，卻一直沒有跟他承認，我就是當初那位害軟景卡住的真兇，而他直到現在也不曾改變過，不停穿梭在每場演出的前中後與各個角落，還是那麼親力親為，甚至連戶外演出擺板凳或前台攙扶年邁觀眾都看到他如超人般的身影。社長，這麼多年過去了，辛苦了！

拉完軟景後的下一場，我到側燈架旁待命，等候我的下一份工作，我要在下次換景時，將側燈上的色紙迅速抽掉，並換上燈光設計老師要的新色紙。

台上主角台詞到了該換景前幾句，換景準備，台上大量CO_2噴灑著，發出轟轟巨響，燈光配合著猛力閃爍，舞台監督再度喊下：「燈光，走！換景，走！」台上瞬間暗場，演員們各自衝下台，台上人體自動控制系統開始移動，一旁等候換景的人也衝了上去，場面非常混亂，我戴著通話器等候燈光設計老師通知，但是通話器裡一團混亂，所有人的聲音全夾雜在一起了！

「右舞台桌子上了沒？CO_2可以停了，不要再噴了！再等我一下！桌椅上了！左舞台怎麼沒人撤桌椅？快！快！快！軟景好了沒？右舞台好了！幫我看一下台車對不對？音樂還剩三十秒！換裝好了嗎？」

各部門用同一個頻道溝通催促著，沒有人呼叫我，我傻在側燈架旁，想問又不敢插話，直到舞台監督再度說：「來不及了，音樂快沒了！我不能再拖了！燈光準備！」的時候，我才問說：「不好意思，我這場應該要換側燈色紙的，但還沒有收到老師通知。」燈光設計這時候才記起有這件事，嘈雜的通話器裡突然傳來他淡定的聲音說：「那個，對，我們要換色紙，左舞台現在是誰？」

我猶豫了幾秒，那一刻像是電影看過的戰爭片畫面，所有人忙碌著，舞台監督持續催促，人體自動控制系統還在移動，似乎完全找錯了位置，桌椅上了，不屬於這一場的道具也下了，有的演員好了已經在側台等候燈亮上台，有的演員還在趕換裝，通話器偶有國罵，而在這混亂時刻燈光設計老師問我是誰？

「老師好，我叫王奕盛。」

「好，醫生還是一生？好，不管，那個，醫生，你趕快幫我把側燈的色紙全部換成陰森的顏色，快點！」燈光老師說，我低頭看著手上一堆紅色藍色綠色色紙不知所措。

「老師，我目前手上有紅色藍色綠色的，您要哪一張？」

「快一點，我要開始了！音樂要結束了！」舞台監督下了最後通牒。

「好，那個，醫生，不管，你就給我換上看起來最陰森的那幾張就好了！」燈光設計老師說。

「ㄜ……老師，我手上有四張綠色的，跟三張藍色的，您想要我換哪幾顆燈的？」瘦弱且無用的北藝大學生問道。

「X！那個換色紙的，不要管了啦，給它都換上就對了，我要開始了！」舞台監督已經發火了。

「對，那個，醫生，不要急喔，不管，就把看起來暖色的都抽掉，換上陰森的就對了！」燈光設計老師說。

後來怎麼了我沒有印象了，做什麼我忘了，怎麼做的我也忘了，總之演出結束了，我們繼續聽著指令拆台，把一片片裝好的景片拆下，把一塊塊吊在天上的軟景布幕拆下，包含那塊卡在一半的軟景，也把一顆顆裝好的燈拆下，最後把所有布景道具裝上貨車，當貨車離去時，已經接近凌晨三點半左右。幾位帶頭的學長，那些每樣事情都懂的、不用睡覺的學長，一人一台車地分批載著我們幾位往高速公路上奔馳，印象中我們先往北去了基隆文化中心一趟，接著再往南去臺中。

車在高速公路上奔馳著，其他同學睡成一片，學長沉默地開著車，我啃著剛拿到的宵夜飯糰，因為要前往未知的目標而感到茫然。車窗外遠的與近的車燈路燈，讓車內忽明忽暗的，產生了催眠的節奏，我在節奏中也睡著了，醒來時，天是即將亮的淡灰藍色，我們已經到了臺中中山堂後門，學長將我們放下後去停車，要我們趕緊休息，因為等貨車到的時候又要開始裝台。

臺中中山堂旁是殯儀館，淡淡的灰藍色下，將停在一旁的數十輛靈車洗成低彩度的電影片段，沒有相片的相框有些還掛在車頭上，看來更加詭異。坐在地上靠著牆壁睡著了的同學也是低彩度的，我的心情也是，我就是在那個時刻許下了未來不做劇場的心願。

做動物

時間往前一點跳到大一升大二的暑假，那時候更弱也更菜，我跟綽號叫大哥的同學某日在學校布景工廠打工，製作著教室裡上課需要的大桌子，又是學長經過，不過這次是另一人。

「大哥、奕盛，你們兩個這禮拜天有沒有空？」學長問。

那是一個學弟妹們都不會問要幹嘛的年代，學長做了簡單描述，但沒有太多細節，並約定好時間地點與打工酬勞後就離去。

過幾天後我跟大哥依約早上六點出現在臺北車站北二門等候學長，對於工作內容沒有太多狐疑，畢竟學長說一天三千元已經讓我們開心得昏了頭，我們唯一的擔心只有這筆巨款要等多久才能領到？交通費不會也含在內吧？要不要扣稅呢？扣完不就剩下兩千多了嗎？不過想想工作一天可以領到兩千多，還是值得開心的。

當我們小家子氣地討論這些事的當下，學長出現了，而且已經幫我們買好車票，但是只有站票，然後當面給了我們一人三千元。我們問不用扣稅嗎？學長一副訝異的表情說：「工作開心最重要了，才三千還扣稅我還是人嗎？」我們在心中默默崇拜起學長來，學長做人真是大氣！以後我們也要像學長一樣照顧學弟妹！

學長離開前跟我們說了一句：「靠你們囉！加油喔！」我跟大哥目送學長，看著學長背影，覺得做為一個像他這樣有擔當的學長真是不容易，換作其他學長哪會管我們死活？都是現場見了，哪像他還特地早起為學弟買車票的，重點是還發了我們現金！一天三千ㄟ，學長人真的太好！學長萬歲！

上了火車，我們找到了車廂與車廂連結處，一個無人的地方蹲著，這才想到剛剛忘了問學長我們到了現場要找誰報到？不過也沒差，我們相信一切擔心都是多餘的，船到橋頭自然直，於是我們就一路或蹲或站到了豐原火車站。出了火車站竟然有人來接，我們驚訝於學長的辦事效率，並問接待的人為什麼知道是我們？事後想想也很簡單，原來學長早有交代，幾點幾分，接一下兩個長得像七爺八爺的學生，我想整個豐原火車站應該不難找到我們才對。

「我們好被需要喔，有人來接ㄟ，也太尊榮了……」坐在轎車後座的我們一路上低聲竊笑，不斷尊稱對方「林董好」以及「王董好」，兩位董ㄟ口袋裡還各自擁有三千元鈔票，不得不再次說聲：學長萬歲！

我們工作的地點是臺中縣立體育館，抵達體育館時大概十點左右而已，偌大的體育館沒什麼人，接送我們的人帶我們到休息室後就離開了，尊榮感此刻來到最高。我們兩個在空蕩蕩的休息室裡閒不住，於是四處亂晃，看能不能找到像是施工單位的現場。喔對了，學長在布景工廠問我們有沒有空時曾經提過一句話，他說：「有空的話就來幫忙做動物。」那時候的我們正在製作上課桌，手持榔頭鐵釘鋸子，學長看到我們製作的能力了，學長萬歲！

但是現場沒有人在做動物，偶爾經過吊掛布幕的廠商，我們還上前詢問了是不是在等我們？

「你好，我們是來做動物的，請問是你們要我們來幫忙的嗎？」大哥問。

廠商被大哥問得有點發愣，回問是誰要我們來的？我們整理心情，立正站好，報出學長寶號，廠商更加疑惑了，說不認識我們學長，接著繼續吊掛他的布幕。我們後來持續像這樣詢問著每一個施工中的單位，有燈光公司、音響公司，甚至是送瓶裝水的公司，總之，每家廠商都說不認識我們學長，也不需要我們的幫忙。

鬧到中午，午飯便當來了，我們也詢問了送便當的廠商，認不認識我們學長？是不是在等我們做動物？便當廠商聽到做動物也是一臉疑惑，不過倒是要我們協助把便當搬到休息室去，搬完便當後要我們簽收，我們不敢，最後終於找到像是主辦單位的人來簽名。

我們逮到機會問看起來像主辦單位的人說：「請問你認識XXX嗎？我們是他今天找來做動物的。」問的當下心很虛，只深怕再次遇到不認識我們學長的人。

沒想到像是主辦單位的人竟然說他認識，而且說就是他在等我們，只是說完後他隨即去呼喊各單位午餐休息，並叫我們先吃便當再說，之後他又消失了。

我跟大哥吃著便當，不知道該覺得踏實還是心虛，從抵達體育館至今無事可做，跟工作一上午的人一起吃著便當實在夠心虛，唯一值得慶幸的是找到了主辦單位，更確認了今天的工作沒有走錯地方。

午飯過後，眾人繼續手上工作再度四散，我們兩人繼續等待，像是主辦單位的人偶爾在遠方忙碌，偶爾經過我們，見我們立正站好，又用雙手示意我們再等等，隨著下午湧入體育館的人愈來愈多，從此他就被人潮淹沒，再也找不到他了。

「也太爽了吧？什麼事都不用做，還領了三千。」大哥這麼說著，但其實語氣聽起來並沒有很開心。是啊，就是心虛，我也感到心虛，握著口袋裡的兩張千元、一張五百、五張一百元鈔票，還吃了一個便當，沒事做地杵在人人都很忙碌的這個體育館裡，心裡特別不踏實。

好幾次想要聯絡學長，但那畢竟是一個沒有手機的美好年代，沒有line，沒有wechat，我們其實也沒有學長家裡電話。好幾次抓著路過的也像是主辦單位的人，詢問我們到底什麼時候能做動物？但他們不是很忙沒空理我們，就是根本不是主辦單位，或者他們是主辦單位，但是卻沒人知道做動物是什麼意思。

就這樣時間來到了下午四點多鐘，我們兩個幾乎要放棄了，甚至在考慮要不要離開算了，兩個學妹竟然出現了。

「學長！你們怎麼在這邊？」學妹問。

「就ＸＸ學長叫我們來的啊，你們呢？」我們回答。

「我們也是ＸＸ學長要我們來的啊，不過他沒說我們要來幹嘛就是，只說傍晚前到體育館就好。學長你們知道要來做什麼嗎？」學妹問。

我們聽到ＸＸ學長竟然只要她們傍晚到就好時，突然覺得自己清晨六點出現在臺北車站有點傻，但學長畢竟有學長的意思，再加上我們在學妹面前也算學長，雖然才大一屆，但學長就是學長，自然不能表現得太過慌張，於是我們很篤定地跟她們說：

「ＸＸ學長叫我們來做動物啊，ＸＸ學長沒跟你們說嗎？」

聽到做動物三個字，學妹們一臉狐疑，不過因為她們既還沒進過工廠實習，也沒有做動物的相關技術經驗，我們後來一致推論我們兩邊的工作內容應該是不一樣的：我們，是來做動物的，而她們，雖然還不知道要做什麼，但應該是做動物以外的工作。

「啊你們怎麼連做什麼都沒問就來了？」大哥問學妹，但我聽到時也在想我們當初不也是什麼都沒問嗎？

「喔，就想說學長找，我們剛好有空，費用不錯啊，而且學長問我們那天就把錢先給我們了，後來就沒有想太多。」學妹說。

聽到這裡我們更加好奇，學長怎麼會那麼早就給她們錢了？於是大哥又追問：「那你們一個人領多少？」

「三千啊！超多超開心的！」學妹開心回答。

我跟大哥心裡非常不是滋味，我們可是五點多就出門的，六點在臺北車站集合，然後一路又蹲又站下豐原的。反觀她們兩個現在才到，也不是做動物這種需要技術的工作內容，再加上我們還是她們學長，綜觀一切，不管在工時上、內容上或屆數上來說，都不應該領一樣多啊！

心情複雜、不是滋味的當下，晚餐便當又送來了，因為工作人員比中午增加許多，裝便當的紙箱幾乎把整座休息室塞滿，工作人員紛紛湧入，將一個個便當紙箱打開，在人潮稍微退散後，我們四人也拿著便當在角落開吃起來。

體育館內聲音愈來愈大，麥克風測試音樂不斷，主持人反覆練習著流程，燈光也因為天黑了而開始閃爍，我一邊吃著飯一邊覺得哪裡不對勁，這種感覺是從這些紙箱進到休息室後就開始的，敏感的我總覺得有人在監視我，而且就是從紙箱那邊傳過來的，於是我望向那個讓我感到不舒服的方向，果然發現其中一個紙箱露出的一條小縫中，竟然有一隻眼睛朝著箱外看。

我放下便當，帶著一絲狐疑靠近，不安地將那個紙箱打開，原來是一隻黑白斑點相間、看起來像大麥町狗的大型布偶服裝！那一刻，謎題瞬間被我解開了，我們不是要來製作什麼動物的，做動物的意思是要我們穿這些布偶裝扮動物的！

我立即打開其他周邊紙箱後馬上明白另一個道理：小蜜蜂與花仙子是學妹的，而大麥町狗與孫悟空則是我跟大哥兩位男性，我們都是來做動物的！

其中還有最最重要的一件事：四隻布偶中只有大麥町狗裝有頭套，意思是其他裝扮都得以真實面孔展露在觀眾面前！我的心立即轉向醜陋的那一面，良心與情義瞬間被我拋下，我二話不說搶起大麥町狗服裝穿上，並將狗頭套抱在胸前，大麥町是我的！沒有人可以跟我搶！不過那套衣服對我實在太大太寬鬆，認真說起來它應該留給體型比我壯碩的大哥才合適，但此刻我管不了那麼多了，我還想留點面子見人！

主辦單位的人此時進來了，在我們整天找他找不到的這個完美時刻，他見我已經穿上衣服，便示意大哥與兩位學妹也要開始準備，隨後他們被帶到一旁開始化妝，印象很深刻的是大哥一邊被畫上猴子腮紅還一邊對我罵三字經，而且壯碩的身材被過緊的豹皮繃著，對比我身上的寬鬆，形成衝突的畫面。

化妝同時，好多平常只能在電視上才看得到的政治人物進入休息室，詢問之下，我們才曉得原來我們來到民進黨選舉臺中縣長的造勢晚會活動，而我所扮演的大麥町狗恰好是那年縣長選舉人的吉祥物。

晚上七點，活動正式開始，大哥跟學妹們陸續被工作人員叫出，他們的工作是在不同隊伍前面領導，並不時要跟觀眾席上的觀眾揮手致意。一小時過去了，他們三人繞場數圈後，頂著滿頭大汗回來，臉上的妝全都花了，反倒是我因為要壓軸還遲遲不能出場，但是大麥町狗的絨布服裝已經讓我全身濕透，此時看著工作已經結束的三人，用化著怪異動物的表情對著我直笑，讓我心裡更為發寒。

重頭戲終於來了！今晚的壓軸活動就是縣長候選人牽著他的吉祥物出場！

觀眾啊，這裡的牽不是遛狗那樣的牽，是牽手的牽。狗頭的頭套很大，我必須用一隻手扶著才不至於發生斷頭事件，另一隻手又得被候選人牽著，唯一的視線只有從頭套嘴巴看出去的一點點範圍。頭套裡空氣非常稀薄，快要昏倒，再加上呼吸時產生的熱氣，讓我的眼鏡上全是霧氣，根本分不清楚方向。

觀眾反應愈來愈熱烈，此時候選人突然跟我喊說：「走，我們用跑的！快揮手！快揮手！」我忘了我是怎麼活過來的，總之在努力地不讓頭套掉下的狀態，要跑、要揮手，還要記得呼吸，我跟著候選人跑跑又停停，停下時一旁工作人員不斷戳我並大聲說：「快揮手！不是這一邊！是另一邊！揮手！」

晚上九點多，活動結束了，我虛脫地癱軟在地上，臉上還是猴子妝、身上還穿著獸皮的大哥則在我一旁抽菸，工作人員過來要我們將服裝脫下，最後將服裝塞入紙箱中離開了。我跟大哥穿上今早來時的衣服，發現大哥臉上的妝還沒卸掉，但梳化人員早就離開了。大哥到廁所沖洗半天，最後洗不掉的部分索性不管了。學妹早就在我繞場時被男友接走了，工作人員一個個離開了，燈一盞盞關上了，最後車也一輛輛開走了。我們走在豐原體育館旁沒有路燈的小路上，才發現那裡其實有點偏遠，那是一個沒有手機、沒有google map，路還是長在嘴巴上的年代，可是那裡偏偏無人可問。

後來不知道走了多久，才走到稍微有車經過的馬路，好不容易遇到一台要回家的計程車司機，被他就地喊價喊了一個八百元到豐原火車站，但抵達時已經沒有回臺北的火車了。我們買了票往臺中搭，到了臺中後簡單吃點宵夜，再搭車站旁的客運輾轉回到臺北，下車已經凌晨三點。扣掉到豐原火車站的計程車錢、宵夜伙食費、到臺北的客運費、以及回家的計程車錢，一趟出門工作做動物將近二十四小時，口袋裡剩不到兩千元。

凌晨三點四十五分，終於回到家門口，我渾身發臭地，突然想起了學長邀約時，臉上燦爛的笑容。

素描

藝術學院（現臺北藝術大學）是一座踏進去就覺得自己快要成為藝術家的校園，除了環境優美這項優點外，我也很愛有些時候校園路上狗比人多這件事。老師們都是業界頂尖並具備實務經驗的專家，個個身懷絕技，各有各鮮明的個性。

我始終相信環境可以形塑個性，因此時常在校園某一角抽著菸感受自己快要成為一名藝術家的心境變化。這句雖是玩笑話，不過也是系上一位老師還真給我認真說過類似的話。

我曾問他去書店不知道該看什麼書的愚蠢問題，他很認真地跟我說，踏進書店的那一刻起，你已經自然收斂起浮躁的心，就算只是逛沒有看，也算假裝自己是一個愛看書的人了，裝久了自然就會成為那樣的人。我接著問他，書都好貴，什麼樣的書才值得我花錢買下呢？他回說，只要你翻過，裡面有一張讓你眼光停留的圖片，那就是你可以買下收藏的書了。

藝術學院的老師就是如此自信、如此讓人崇拜，我印象中還有上課時間一到就鎖門點名的老師，也有因為同學上課不專心拿可樂丟人的老師，還有在第一堂設計課花半小時教導同學熬夜訣竅的老師，不過讓我印象最深刻的，應該還是教我們素描的那位老師吧！

對於像我這樣非美術科班出身的學生來說，最想逃的就是素描課了。畢竟素描跟其他學科不一樣，素描得花時間練習，短時間內是看不到成果的。我知道自己的程度，任何事物都能夠被我畫得不堪入目，因此還沒開始上就感到畏懼，偏偏素描課列為必修，而且從入學開始連續三個學期，也就是三倍的痛苦指數。

第一次上課前抱著沉重的心情在東南西北市買齊了畫架、畫板、素描紙、炭筆、黏土後，看著這些嶄新齊全的裝備，我倒燃起一絲希望。如果在校園一角抽著菸就能成為藝術家，此刻的我看起來應該也像半個會畫畫的人了吧！

炎炎夏日的某天早晨，我們來到了美術系館的大素描教室，喧鬧的蟬鳴聲幾乎掩蓋了所有同學的聲音。這是一間三層樓挑高、有一面巨大落地窗的全白空間，空間裡擺滿了各式石膏像。同學們自由選好位置，架起畫架，擺上畫板，夾上素描紙後，等待老師到來。

蟬鳴聲與空間的回音，讓大夥必須提高說話音量，整個空間宛如上下班時間的大馬路口，或許是畫架阻擋視線的緣故，我們甚至沒有發現老師已經站在某個角落注視大家。前排發現老師的同學開始安靜，並轉身跟後排發出安靜的噓聲，不一會教室裡就只剩下蟬鳴聲。

老師並沒有生氣，臉上甚至帶著一絲微笑，眼睛笑成了一條線，雙頰淡淡的粉紅色像是喝過酒，事後我們才知道他真的喝了酒。他以極小的音量說著話，沒有任何人聽得見他在說什麼。不知是真醉了還是在思考，他常常講著講著眼睛看向天空停格，停格時臉上一樣帶著一抹微笑。

蟬鳴聲持續，樹影在白牆上搖曳，老師繼續用只有自己才聽得到的音量說話，同學們一臉疑惑冒著汗。

「老師，對不起，我們聽不見，可以大聲點嗎？」最後一排同學說。

老師聽到了，感覺想要發出更大的聲音，但只有局部，其他的依舊微弱，因此聲音變成時有時無的斷訊聲。

「同……我……，你……或……素描……」老師說完，對著天空某處微笑定格。

或許這是他希望我們更專心聽課的手段之一？一直到後來認識他後，我們終於理解一切跟手段無關，他就是這樣說話的。

很快的，好像要下課了，第一堂課總是讓人開心，講解完這學期的目標後就下課，雖然沒人聽得見他到底說了什麼。

「最後……我要……告訴各位……什麼是……素描。」因為是課堂結束前的最後一句話，老師顯得有些激動，那一刻我們終於第一次聽到完整的句子了。

只見身材矮小的他將一旁的黑板從角落緩緩拖出，拖到大家面前，然後拿起板擦將上面的文字慢慢一點一點擦掉，邊擦邊說：

「很多……人……問我……什麼……是……素……描？」

擦完後他往人群裡走來，手上拿著剛剛擦黑板的板擦，來到最後一排同學的後面，離黑板約莫十幾公尺距離，再度，停格，看往天空，然後，說：

「你們……想……知道……什麼……是……素……描？」

老師愈說愈清楚，聲音愈來愈大，彷彿剛剛被關的麥克風有人逐漸幫他調高音量似的，接著他說出課堂的最後一句話：

「我……跟……你們……說……這個！就！是！素！描！！」

麥克風音量此刻調至最高，他邊說著「這個！就！是！素！描！」的同時，身體像個投手般做出投球的分解動作，就在說出「素描」的「描」這個字時，將手上的板擦丟了出去，撞擊在黑板上碰一聲發出巨響，黑板上留下的一團粉筆灰，在空氣中飄揚。

眾人因為老師這個舉動看著彼此錯愕不已，不久發現老師已經遠去，我們看著黑板上的那團粉筆灰，參透著「這個就是素描」的真理，蟬鳴聲依舊。

之後的素描課並沒有像第一堂那麼刺激，往往到教室時發現已經有一尊石膏像擺放在大家面前，大夥架起畫架畫板後開始瞎畫。老師一樣臉頰泛紅面帶微笑出現，但不太跟我們說話，也不曾教過我們怎麼畫。

他總是漫步穿梭在同學之間，盯著我們的畫微笑，然後搖搖頭再走往下一個同學那邊，繼續微笑搖頭。幾個復興美工畢業的同學真是畫得不錯，同樣一尊石膏像，他們畫的就是石膏像，而我們畫的，是不存在於這間教室的，是一種對抽象的致敬。

這樣過了第一個學期，同學們簡直要瘋了，仍參不透黑板上那團粉筆灰的道理，老師的微笑搖頭彷彿是溫柔地告訴我們：沒才華沒關係，活著就好。

第二個學期很快來臨了，同學們紛紛討論，上學期應該只是暖身，這學期應該會教我們怎麼畫了吧？我們在忐忑中再度走進大素描教室，期待著新的教學方法時，發現所有的改變只是換成了另一尊更具難度的石膏像！同學們看到後都瘋了，這次索性連畫板都不架了，等待老師出現。

不久後老師微笑走來，我們鼓起勇氣跟他說這樣的教法別說三個學期了，三年都不會畫。

老師聽完，臉部起了一點變化，或許是感受到我們強烈的求知慾而感動吧？很難形容，總之笑容收起來了，不是憤怒，反而是一種憂心，接著他說：

「我……是……可以……示……範」

同學們歡呼，都過了一個學期了，老師終於想要示範了！

「但是……我怕……我……示範後……你們……再也……不來……上課了。」

這句話跟那團黑板上的粉筆灰一樣難參透，同學們開始鼓譟起來，要他非示範不可！

「好吧……是……你們……要求……我的，你們……可……不要……後悔。」

現在想想，老師當時真的是充滿憂心才擠出這段話，但我們當時是不會懂的，我們只顧著興奮地幫他架起畫架，擺上畫板，夾好素描紙後，清出一個空間給他，然後充滿低劣心機地搬了我們無知心目中認為最難畫的石膏像出來。

「沒關係……哪一尊……都好。」見我們爭論著哪一尊最難畫時，老師再度微笑說了這句話。

老師語畢坐定，端詳了一眼石膏像，之後他就再也沒有看過了！之後他就再也沒有看過了！之後他就再也沒有看過了！他在素描紙上俐落地刻下直線條，用力之深，我們甚至一度替他擔心未來擦不掉怎麼辦？一條條的直線交錯，交錯成圓，沒多久輪廓逐漸成形，接著他放下炭筆改用手抹，他的手有時一抹就是層次變化，有時則是將陰影抹去。

十五分鐘左右的時間，他畫完了，我們眼前那尊石膏像在他的畫紙上活了起來，畫裡充滿著豐富的情感。因為只是簡單示範，他並沒有做到太多細節，甚至強調他只是簡單做了二十四道光影變化而已，如果有時間慢慢畫，他可以增加一倍以上的層次。

「我……不示範……是因為……你們……看過以後……就不會……想來……上課了……」最後他說。

他說完這句話就下課了，教室好安靜，此刻也不是蟬鳴的季節，眾人從他第一筆畫下開始就不曾發出聲音，後來也如他所說，在他畫完的當下，許多人早在那一刻放棄了素描，包括我在內。

多年後得知老師後來離開學校了，原來當年他在學成歸國時就進了這所學校，學校原本承諾他兼任幾年後轉往專任，但看著新進老師不斷進來，一年一年過去他還在兼任著，擁有一身本領的他有志難伸，只好每天借酒澆愁。我們幾個放棄素描的學生後來還到過他位於烏來山區的家探訪，他家中客廳爬滿了蕨類像座森林，第一次踏進有些讓人驚嚇。

跟老師聊著，話題不免又回到了素描身上，幾個同學懺悔似地跟老師抱歉，也替自己怎麼畫都畫不好找藉口，老師搖著頭笑說：

「美術系……的同學……花一輩子……想要……畫得……跟你們……一樣，但……一輩子……做不到，而你們……也一樣……，就算……花一輩子……也……畫不到……跟他們……一樣……」

因為距離很近，這次我們總算聽清楚了這句不知道在稱讚誰的話，老師說完依舊將他泛紅臉頰的頭抬起，眼睛瞇成一條線地，望向這座私人蕨類叢林的遠方，然後，停格著。

上下鋪

我對於軍旅生活一向是極度排斥且沒有勇氣面對的，光想著要剃頭，然後穿上短褲與黑長襪就讓我心生排斥。主要是害怕群體生活，再加上貪圖享受，出身平凡家庭不知道哪來一顆少爺的心，外加天生太陽星座的多愁善感，為了當兵這個義務不知道浪費了多少夜晚失眠煩惱擔憂。

學校裡這樣的人還真不少，對於所學也都算學以致用，例如曾經耳聞學表演的同學定時到精神科報到以累積病例，每週上演一人分飾多角的戲碼給主治醫生看，最後有沒有成功不得而知，但還是佩服他的毅力與勇氣。

還有班上一位已經過瘦的同學，為了再減少一公斤好達到驗退標準，在體檢前拚了命「減肥」，每天只吃一餐不打緊，餐餐只吃一盤吉野家涼拌牛蒡，吃之前還將牛蒡上的油過水洗淨，他那陣子營養不良加上臉色蒼白的模樣，實在讓人對他的意志心生敬畏。

這都是大三左右體檢前後發生的，不過在這一齣躲避兵役的荒謬劇上演前，大一升大二的暑假，卻躲不掉要去成功嶺受訓一個月的命運。當然，如果我沒記錯的話，是可以到了成功嶺後，在剃頭前，報告班長選擇直接回家的，缺點就是未來當兵時要比當初有上成功嶺的人多當一個月的兵。

來到軍營後，雙魚座的優柔寡斷在此發揮到極致，我既想要回家又不敢舉起手，貪圖舒適的惡魔與強迫自己應該受點鍛鍊的天使打架著，最後的最後才演變成剃了頭卻決定回家。前後只待成功嶺三天的結果，是一種活該被魚與熊掌各打一巴掌的結果。雙魚座的矛盾，有時候連我自己都怕。

那時也是一個蟬鳴到讓人耳聾的季節，我早忘了我是怎麼到成功嶺的，只記得心中不斷上演著納粹要將我們逼進毒氣室的小劇場，從抵達軍營的那一刻開始只看到前面一位的後腦勺，不斷跟著那顆後腦勺排隊、前進、被分流、繼續排隊、前進。過程中，穿著迷彩服的班長不斷訓斥著大家：

「那個啊！同學啊！你們啊！可以再慢一點啊！你們以為來參加那個夏令營啊！沒有關係啊！那個啊！通通有！全體注意！注意還動啊！」

「不要說那個班長啊！沒有啊！給你們機會啊！那個啊！現在想回家的同

學啊！往前集合啊！不要啊！那個啊！等等剃了頭啊！才說啊！要回家啊！那個啊！回去會被笑的啊！」

在每一次班長的「那個啊」中，都好想就這麼走出去，但是又逼自己留下來，告訴自己不過一個月而已啊，忍耐一下吧，再加上身旁並沒有人走出去，各個都一副準備好受訓的堅強模樣，迫使我膝蓋雖軟卻不斷硬逼自己多撐一下。

遠方倒是有零星幾位站出來決定回家的同學，看著他們離開的背影才想舉手，但似乎錯過了時機，隊伍已經再次按照身高排了新的隊形，離去同學的位置已被重新填滿，隊伍準備再次出發剃頭前，班長又說：

「那個啊！有沒有啊！還想要離開的啊？不要啊！說那個班長啊！沒有啊！給你們啊！那個機會啊！也不要啊，等等那個啊！剃了頭啊！才說啊！那個班長啊！我可不可以！那個啊！回家啊？不要找我啊！跟你們自己啊，那個啊！的麻煩啊！」

班長講得很清楚，在每句話的重點後都加上了「那個啊」來停頓，但此刻已經無人舉手，我的身體更是定格不敢往前跨出，還在恨自己猶豫的當下，隊伍已經出發，一二一二的來到了理髮阿姨面前，各班兵一字排開，阿姨開啟剃刀，剃刀發出嗯嗯低頻聲，將頭髮不留情面地剃了下來，我心想那就認命了吧，好不好？頭都剃了！不要再想逃避了！一個月而已啊！

剃完頭時間已晚，當天並沒有給洗澡的時間，臉上身上因為流汗濕黏貼著無數細微的頭髮，眾人帶著剛領到的裝備，隨著隊伍來到寢室，分配床位，班長教導大家擺放的規則。

班長的聲音被蟬鳴掩蓋，我想起北藝大校園與大素描課教室外的蟬鳴，想起了前幾天還在學校裡的自由，為什麼才這麼一點時間我已經來到這個悶熱的軍營裡？為什麼身邊的人看起來都長得一樣？為什麼每個人都那麼抬頭挺胸？為什麼每個人看起來都那麼適應這裡的樣子？我對於我的懦弱感到無比沮喪。

晚飯前，班長給大家幾分鐘時間整理，跟身邊幾位隊伍排在一起的班兵聊起，原來有幾位是台藝大的同學，在那個當下因為都是學藝術的而多了一份熟悉感，很快地就產生了革命情感，在正想問彼此姓名時，班長再次進來寢室命令眾人列隊，準備吃飯。

一二一二，一是左二是右，大夥踩著一樣的步伐，偶爾配上精神答數，一、

二、三、四、一二三四，我一邊呼喊著一邊想起昨天，也不過是昨天而已，走路還是那副老百姓樣，一二一二，為什麼才過了一天，一二一二，我人就在這邊以這樣的方式走著路，一二一二，還要呼喊著一二三四？

天黑了，孤寂感瞬間降臨，身邊這些人我沒有一個知道他們姓名的，連剛剛才看過他們的臉我都記不住，強大的不安席捲而來，為什麼大家都不焦慮？為什麼只有我這麼失落？為什麼只有我想回家？好想融入這個小小社會裡。一二一二，身體做著跟大家一樣的姿勢，跟大家喊著相同口號，我快忘記自己的姓名了，跟身邊的人一樣只剩下編號。小劇場不曾停止過，遠方目的地建築的光亮離我們愈來愈近，走進後又被依序分流，直到自己的餐桌前，坐下，挺直腰桿，坐在板凳三分之一的位置。

「外表嚴肅內心放輕鬆」是在那邊短短幾天學會的話，直到現在我還記得，聽到班長說這句話的當下，我有種怎麼教大家學做表面的不屑感。我挺著身軀頭不敢動，汗水順著脖子臉頰直下，頭髮弄得我鼻子好癢，汗濕透了墨綠色軍服。我用餘光偷瞄環顧四周，全新油漆試圖強壓過老舊空間的年代感，彷彿厚厚粉底塗抹在皺紋上那樣。

眼前的飯是塊狀的，菜黑壓壓一坨一坨，每個人的鐵餐盤上擺放著一大片西瓜。口渴難耐，進來至今未曾喝過水，身旁班兵難掩對於這片西瓜的期待，紛紛嚥下口水，唯獨我看著他心想，這不是我從小最討厭吃的西瓜嗎？不知為何，就是不喜歡它的味道，小時經常吃了一口後在嘴裡不斷咀嚼、難以下嚥，每當夏季來臨，母親從廚房端出一盤西瓜，家人們你一片我一片地開心享用時，我往往在一旁露出厭惡的表情。

一陣餐桌禮儀教學後終於開動，大夥果然第一時間拿起西瓜，隔壁班兵見我久久沒有開動，用手肘輕推一下我，輕聲說：「你緊呷，不然沒時間了。」

在無所依靠的這個時刻，任何人的關心都讓人覺得無比欣慰。我用餘光偷偷觀察他，身高比我略高，身材雖瘦但精壯，在寢室第一眼見他時就覺得他帶點江湖氣，但不是油的那種人。我想我們都遇過所謂帶油的人，但身邊的他不是，他反而讓我想起國中時幾位在放牛班的好朋友。

我念國中的年代學校還是分有A段班、B段班的，因為我念的國中就在寧夏夜市附近，很多朋友都是從小跟隨著父母擺攤四處討生活長大的，這些同學光是生命經驗就贏過我一大截，有些念起書來直逼學霸的程度，少數幾個不愛念書的，在分班後到了B段班，還是跟我玩在一起。他們時常跑到我班上大聲呼喊我的名字，然後被老師趕走；假日帶著我到萬年冰宮溜冰，或教我打撞球；他們成績不好是事實，但是做人講義氣，我無法想像我的國中生活如果沒有他們只剩下念書，會變得多麼淒慘。

而身邊這位班兵也給我一樣的感覺，雖然還沒機會交談，但在我焦慮著無法融入團體生活時，已經注意到他。他好像來這邊很久似的，還有餘力關心我，要我趕緊吃飯；在大夥臉上還擠不出笑容時，他已經可以笑著臉鼓勵別人。

「你緊甲，不然沒時間了。」他說，我看一下他的鐵餐盤，上面的食物已經快要掃淨。

「這片西瓜給你吃好不好？我不敢吃西瓜。」我低聲告訴他。

「你愛甲啦，不然這裡沒有飲料的，甲下去，不會死啦！」我想在這樣的場合，聽到身邊有人不吃西瓜，除了在心裡竊笑他之外，多數的人應該會二話不說拿走這片珍貴物資才對吧？但他沒有。

我有點勉強地拿起西瓜咬下一口，充滿了水分與甜味，為什麼跟小時候吃的感覺完全不一樣？就這樣我吃下了十多年來的第一片西瓜。

經過這件事讓我對他更加好奇，畢竟他真的太特別了，一樣來到這裡，我充滿憂慮與不安，他卻能吃能睡絲毫不受影響，不管跟他說什麼，他都以那張帶著殺氣的臉擠出靦腆笑容回我：「這不會死啦！」在二十歲左右的年紀，給我不少震撼。

晚飯結束後，又是一陣隊伍行進與軍歌演唱，我們是同一排，他就在我旁邊，好像是二號三號這樣的關係吧。隊伍行進時我經常在後面望著他，納悶著為什麼他可以如此輕鬆自在？不想家嗎？不厭倦這樣的生活嗎？將眾人從自由生活裡集合在這裡，嘶吼唱著軍歌，不會覺得難堪嗎？我的心裡對他有太多疑問，也好想成為像他那樣吃得開的人。

九點了，就寢時間。不用說空調了，連電風扇都沒有的宿舍，承受著整天烈日的曝曬，到了晚上熱氣釋放，在我們掛上蚊帳後顯得更熱了。我睡在上鋪，頂著全身的濕黏躺下，不斷從後腦發出陣陣熱氣，昨天以前還是規律維持天亮才睡的我，此刻才是一整天中精神最好的時刻。

我的床邊剛好開有一扇小窗，隔著蚊帳與紗窗看著窗外模糊景色，孤獨感再度湧上心頭，懊悔著今天下午為什麼沒有勇氣舉起手說要回家？不然現在的我早就在家中了。小窗偶爾會有一股涼風吹進，依舊吹不來我的睡意，見隔壁班兵也在翻來覆去，我問他：「睡不著嗎？」其實只是想聽到會不會也跟我一樣想家的答案。

我們開始低聲交談，不久後其他人也加入了，住哪、什麼學校、叫什麼名字、有什麼暱稱之類的基本身家調查，讓身邊這些原本模糊的臉，逐漸長出了輪廓，一切才開始有了真實感。

要我吃西瓜的他是我的下鋪，睡在我的正下方，見我們愈聊愈起勁，用他的腳頂著我的床底，將我的床整座舉起，整個人被抬起了二、三十度，我一驚嚇罵他：「幹！靠杯！不要鬧啦！把我放下來啦！」所有人見我「漂浮」半空中，紛紛躲在棉被裡竊笑不敢發出聲音，周邊床鋪都因竊笑而抖動著。

「緊睏啦！不然明天沒有精神！」他碰一聲突然將我放下，木板碰撞鐵架震出聲響。很快的，嬉鬧逐漸平靜，開始有人打呼，我的身體也稍有涼意，不久後我也睡去。

隔天清晨再度上演相同戲碼，面對早餐饅頭我一樣沒有胃冂難以下嚥，而他卻像餓了很久似的，神情滿足地享用著豐盛的一餐，我很久沒有見人吃飯吃得這麼開心了。

早餐後的某個休息空檔，我問他，這裡的食物那麼好吃嗎？

「沒有好不好吃的問題，就是要吃飽囉。」他回答。

談話中我第一次知道他的全名，他姓鄭，名字叫宗龍，那幾天我都用臺語叫他「阿龍」，一個如同我國中同學才會有的姓名，也像他這種個性該有的姓名。

雙魚座待了兩天後，竟在某次班長下最後通牒時終於有了勇氣，舉起手面對自己的懦弱而離開了。雙魚座跟阿龍說，阿龍覺得不能撐完很可惜，但既然雙魚座都決定了，他也沒有意見。我頂著剃光的頭回到臺北。雖然前後只待了三天，但時不時會想起這個他。

一年後的某天，在北藝大校園裡，我竟遠遠見到他。上前打招呼，他還記得我，原來他從臺藝大轉學過來了！那次我們沒有講太多話，很大原因是面對他時，會想起我逃避的那段日子。於是匆匆聊過幾句後就藉故離開了，而在往後的幾年校園生活裡，偶爾在遠方看到他時，我也都選擇避開。

接著，聽說他開始編舞了；接著，聽說他進了雲門。而我當時也跟著克華老師在雲門當設計助理，心中總想著不知道會不會某天可以在雲門碰到他？如果真碰到了，我又該怎麼面對他呢？

直到幾年後，我們都參與了建國百年跨年慶典這個大製作，某次中午開會前，我們竟然在同一個早餐店因為買早餐而再次相遇。我為掩尷尬而跟他自曝這幾年時常想像跟他再次相遇的這一刻該說什麼話，他聽完後還是用靦腆的笑容跟我說：「你三八啦！你真的很無聊ㄟ！」

接下來的幾年中，我們時常一起工作，我總還是會因為他想起我的國中死黨，以及那片西瓜。

我曾捺不住不斷修改的折磨而對他拍桌生氣，他也曾在「十三聲」首演前三天在劇院觀眾席對我破口大罵後離開，接著是在工作「毛月亮」時，因為他罵我是少爺而換我負氣離開。但對我來說，我都知道是我不夠好，才要他陪著連吃一片西瓜都可以掙扎半天的我，不斷告訴我所有嘗試都不會死。

在林懷民老師宣布退休並交棒給他的前一天，阿龍打電話給我，告訴我這個消息，電話這端的我腦筋一片空白，甚至激動到眼眶泛淚。我不是替他開心，反倒是想到年紀跟我相仿的他要承擔那麼大的責任，而替他感到壓力沉重。電話中，我腦海裡閃過無數與他相遇共事的片段，最後還是回到成功嶺的那個晚上，他用手肘頂了我一下的那個畫面。

畫面裡的國中生當然不知道二十年後他將揹負起帶領雲門的重任，他腰桿挺直，認真吃著飯，偶爾回頭對著我靦腆傻笑，跟我說：「免驚啦！不會死的！」

舜晟

在結束跟校園時期有關的篇幅前，我私心地想要紀念我的老師，舜晟。

北藝大劇場設計系有四門主修可以選擇，學生們在經歷各組實習後，依照自己的志向喜好，選擇畢業主修。每門主修各有幾位老師把關，學生選擇主修老師後，像拜師般請老師簽名，而舜晟則是舞台技術類別的主修老師。

要選什麼主修，每個人狀況不同，有的非常清楚，像我這樣無法決定的也不在少數。我其實心裡很早就篤定會選舞台設計，首先是太喜歡我後來的主修教授王世信，以及對空間設計我總是有著莫名的嚮往，再加上已經先用刪去法刪去了不感興趣的服裝設計，然後直到現在都還分不清直流電交流電的我，在當時也二話不說再刪去燈光設計，剩下的就只有舞台設計與舞台技術可選了。系上老師們私下討論時，後來大多也把我歸類在會選擇三米（王世信的暱稱）學舞台設計的那一掛裡。

討厭的雙魚座總會把自己跟別人搞得團團轉，明明可以輕易做下決定的那一刻，腦海裡突然閃出「學技術未來應該比較有飯吃」的念頭，畢竟跟設計這種看不見形體的東西比起來，它更像個「一技之長」。再加上舜晟跟三米比起來更像武俠小說裡住在山上的師父，成天帶著徒弟們嚴厲練功不說，那時候先選擇他的同學們，幾乎每個週末都在他家煮飯聊天喝酒，舜晟興致來時還會演奏小提琴，能文能武的模樣使我崇拜，讓我一心想躲進那個有著強烈歸屬感的地方，於是我拜託了他，選擇了舞台技術做為主修，找了舜晟簽名。

剛簽完主修，隨即參與了新學期的學期製作。學期製作是由學校老師擔任導演與設計，學生擔任演員、行政、舞台組、燈光組、服裝組等其他職缺，是讓學生實際參與一齣戲製作的實習機會。舜晟讓我當他的技術助理，工作內容是負責將舞台設計的圖面化為施工圖，安排學弟妹進工廠實習上工的工作進度等。

舞台設計所設計的布景道具都得讓舞台組的實習學生製作，技術助理的工作必須計算有多少製作物？安排多少料？每次上工該如何有效率的完成製作進度？學弟妹們拿著我畫的施工圖按圖施工，因此除了轉化舞台設計的設計圖成施工用的圖面，更要同時顧及結構安全與最有效用料等條件。

當我第一次拿到舞台設計的模型，對那些不規則景片模型感到疑惑時，舜晟卻只跟我說：「你就把圖畫一畫，明天要上工。」然後他就離開了。下午四點，我獨自一人在工廠二樓電梯口的圖桌前整個慌了。花了幾個小時仍找不到頭緒，時間一分一秒過去，埋怨著老師不應該讓這樣年紀的我承擔那麼大的責任，也找著各式做不到的藉口。

那是一個沒有手機的不方便的年代，我聯絡不到舜晟。現在想想，如果那時候有手機，或許會傳個訊息給他，說家裡出什麼事必須趕回去吧。但因為沒有，只好硬著頭皮開始畫圖，畫錯總比沒畫少挨點罵吧？於是在完全不知道畫對還是畫錯的懷疑中，畫到了凌晨三點多。

工廠裡一直存在著關於孫先生孫太太的鬼故事，畢竟就在不久前，我跟同學阿狗在工廠一樓繪景，也是畫到差不多這個時候，阿狗往我現在身處的二樓盯著不動，臉色鐵青；背對著二樓方向的我本想回頭探探究竟，阿狗卻對我說：「奕盛，你不要回頭，很可怕！」嚇得我們逃出工廠，天亮才敢再回來。

儘管深夜一個人在學校突然想到這件事讓我心很毛，但想到隔天就要上工，畫圖的手還是停不下來。忽然，我身後的電梯有了移動的聲音，我回頭看，電梯樓層數字正在上升。我還來不及害怕，電梯門已經打開；電梯裡，舜晟提著一袋宵夜飲料香菸，對著我笑。

「你攏對啊，這我都教過啊，你攏會啊，你是在驚什麼？畫下去就對了！」舜晟看過我畫的圖後這麼說。直到現在我還清楚記得那個深夜的所有畫面，還有他講這些話時嘴角帶著微笑肯定的表情。我猜測他放我一人離開後，一定比我更煎熬吧？舜晟，謝謝你，我一直好想你。

那個學期我們建立起深厚的革命情感，他時常像這樣不經意地放任我們自己闖關，然後默默躲在遠方觀察擔心，好幾次遇到危險的施工，我們跟他還會搶著誰先上，最後當然還是舜晟。

舜晟真的很疼我，我想我也真的表現得還不錯，可是在那個學期結束後，我告訴他，我想換主修。

我想我是真的熱愛設計的吧，才會在跟著他整整一學期，揮灑著汗水、解決各種難關後，在我們關係最融洽時選擇離開他。

我想我是真的熱愛設計的吧，才會那麼傷害對我寄予厚望的舜晟。告訴他的那一天，他收起招牌微笑，跟我說：「啊你如果真的那麼喜歡設計，我也只能放你去啊。」於是我換到了舞台設計，找了三米做為我畢業的主修老師，但從此以後，舜晟看到我就沒再笑過。

因為舞台設計主修還是需要進出工廠繪景與做景，我時常在踏入工廠時就遠遠看到他跟其他學生有說有笑，但他總是在看到我時就收起笑臉，眼光刻意閃躲。我靠近問他能不能借用工廠一角工作？他總是冷冷地交代身旁助教說：「我們大設計來了，你跟大設計說。」

我們的關係降到冰點，到後來連要踏進工廠都讓我猶豫掙扎半天。

我想我真的讓他很受傷吧。

我想我是真的熱愛設計的沒錯吧。

這樣的關係過了兩年，謝師宴當晚，我們在戲劇系大廳辦桌宴請老師，主桌上舜晟喝了酒有說有笑，我整晚都在注視著他，終於鼓起勇氣拿起酒杯走向他說：「老師，可以敬你嗎？我真的很對不起你！」

舜晟看著我，再度收起笑臉，氣氛一度尷尬，沒想到他放下酒杯，慢慢站起，最後一把將我緊緊抱住，在我耳邊說：「老師緊正就愛你ㄟ，你咁知？你若那麼喜歡設計，你丟愛好好走下去你知某？」

他拿起酒瓶，牽著我的手一路走到了戲劇廳絲瓜棚上，我們坐在絲瓜棚上喝酒，他還往舞台上倒酒，好像想把兩年沒講的話一晚說盡，最後他跟我說：「反正你以後遇到什麼問題，不要忘記上山找師父！」

不久後，我出國念書，舜晟改至臺大教書，在某次與學生出遊時，為了救落海的學生離開大家了。我在倫敦看到新聞，新聞裡只提到臺大某老師發生了悲劇，並沒有提到科系與舜晟的名字，但我直覺會做出這種事的老師只有他，最後也證實真是他。

夜晚，我在倫敦住家後院點起兩根菸，一根給自己，一根給他，我想起了大一每次工廠下工時他與大夥們聚集工廠外吞雲吐霧的畫面。我人生的第一口菸就是在那邊學會的，畫面裡的舜晟挑著眉對我說：「怎麼樣？下工後的第一根菸是不是很踏實？」

舜老師離開後，我偶爾會去探望，我們的承諾兌了現，現在我師父只能上山了。他離開我們時四十二歲，每回去探望我都會問他：「如果我到了你現在這個年紀，會不會什麼都懂了？」

直到寫這篇文字的當下，我已過四十三，終於比他大了，才知道那時候的他也只是揚起嘴角微笑，裝出一副無所謂的態度，對很多不懂的事硬撐著而已。

舜老師，你在那邊好嗎？好想再跟你進一次劇場，一次就好。

游泳池裡的畢業典禮

我們那一屆的畢業典禮是在學校的游泳池裡舉辦的，讓所有畢業生泡在游泳池水裡，不知道是哪個天才的想法，只記得那天偌大的空間夾雜著回音與水聲，鬧哄哄的，一切都聽不清楚，人人臉上雖然各自洋溢著即將畢業的喜悅，心中對於未來的方向卻像耳裡聽到的回音般迷惘。

第一位致詞嘉賓上來致詞了，是一位很支持藝術文化產業的上市企業大老闆，他具體說什麼已經忘了，很多時候根本是因為游泳池回音太重，完全聽不到他說話的聲音。但唯有一句我記得很清楚，就是他說：「……我也熱愛藝術，我收藏了很多張大千的畫……」

來賓的這句話讓原本就嘈雜的聲音更為鼓譟，游泳池裡有人因此拍打著水，有的還發出噓聲來，嘲弄著彼此連張大千畫的一角都買不起。

第一位嘉賓的致詞在畢業生的嬉鬧中落幕了，大夥用力鼓掌，順道宣洩自己的不屑之意，眾人的情緒都過於亢奮，也愈來愈控制不了，於是相互潑水，場面一度失控。

此時遠方的致詞台上，第二位致詞者緩步上台，他先是沉默，眼神如鷹掃射，在他的掃射下整座游泳池很快地安靜下來，不久後連游泳池裡的水也變得寂靜了起來。

遠方的他如豆般渺小，傳達出來的能量卻十分驚人，我立即想起有一年我偶然經過學校舞蹈廳外，被他的聲音震懾到不敢移動的那次經驗：他正在舞蹈廳裡排舞，聲音像著魔似的，透過麥克風對台上舞者狂喊：「再來！！！再來！！！」

我連門都不敢打開，定格於舞蹈廳外，手摸著門把微微顫抖，感受他聲波的震動，而他就是往後開啟我表演藝術視野的人，林懷民老師。

游泳池安靜到連誰咳嗽都聽得見，只剩下嗡嗡的低頻，彷彿劇場裡開演前場燈收之後的觀眾席，林老師劈頭第一句話就說：

「明年的這個時候，你們裡面會有一半以上的人消失在這個業界！」

這麼直接的預言直擊每個人心裡最擔憂的深處，連一秒鐘客氣、可憐的機會都不給，打了我們每個人一個巴掌，接著他又說：

「然後再過幾年，剩下的一半又會消失成個位數，剩下幾個還在堅持的人，但堅持並不代表他就會成功，不要以為待久就是你的！」

我們不是時常聽到戲棚下站久就是你的嗎？為什麼台上的這個人這麼說？太違反常規了吧？這裡應該是開心互道珍重再見的場合才對不是嗎？

游泳池裡又漸漸恢復一點鼓譟，有些人還是先暫時沉溺在即將畢業的喜悅裡，選擇逃避聽見這過於血淋淋的真實，倒是我在涼爽的游泳池裡聽得心裡熱血沸騰，當天我在心裡許下心願：我好想跟他工作！好想！

助理

二〇〇〇年六月，我二十三歲，跟隨著林克華老師學習設計一段時間，不久後他帶著我參與雲門舞集全新的製作「行草」，克華老師擔任舞台與影像設計工作，讓我協助做他的影像設計助理，當時的我擁有一顆年輕的肝，是個不用睡覺也能活的年紀。

某日上午九點，與兩位林老師相約故宮門口，當日行程目的是拜會故宮副院長，洽談與故宮合作，取得「行草」演出中所需要影像的機會。雖然這等大事輪不上年輕的肝焦慮，但因為擔憂遲到壞事，依舊緊張到整夜睡不著，上午八點多就出現在故宮門口等待。

六月早晨的陽光照射著削瘦的身體，投影出不成比例的竹竿人影，焦慮依舊，我甚至不清楚自己的焦慮從而何來。蟬鳴聲加深了不安，我開始懷疑自己是不是遺漏了開會需要的資料文件？神經質地逐一檢查數遍後，腦中反覆回想克華老師交辦的事項，同時心想，不知道他今天幾點才到得了這裡？

克華老師的作息始終異於常人，我在擔任他助理的那段期間，更是深刻體悟到這一點。我們經常約下午四點在他的設計公司碰面，那時候他的公司還在光復南路上，敦南誠品離那裡並不遠。公司隔壁的地下室也有一間規模較小的誠品，當時延畢中的我無所事事，生命中只有到公司跟老師做設計以及逛誠品這兩件事而已，現在想起十分珍貴。

每當我準時踏進公司，公司裡的每個人總會笑問我那麼早到幹嘛？接著就是長時間的等待了。克華老師通常傍晚才抵達公司，辦公室裡所有排隊等他的人一擁而上，等到所有人結束工作上的討論，輪到我時往往已經超過晚上十一點了。

不過對於這樣的過程我倒非常樂在其中，因為在等待中，我可以看見形形色色的人與事，觀察著克華老師看待這些形形色色的態度與觀點。我們在他的辦公室裡相處了無數個只剩我們兩人的深夜，如同私塾般，學習著一個設計師面對設計難題時的從容與優雅，除了傳道授業也解人生的惑，除了設計專業也學著如何當一名設計，除了構圖顏色也聊聊香菸、紅酒與生活，十分過癮。

我們的工作通常開始於一杯咖啡，接著是無數根的香菸。私塾裡，他對我手把手地傳授，討論著那一點點觀眾不會發現的細微，然後發現那無數細微堆砌出來的成果，逐漸像樣成型，最後帶著一絲滿足離開。直到現在，如果有機會被剛破曉的陽光灑在我臉上時，總會勾起我跟他一起工作的回憶。

因為了解他顛倒的作息，我在故宮門口還替他擔心著，不知道他今天會遲到多久？這時候，老林老師出現了，上午八點四十分左右。

老林老師點起香菸對年輕的肝招呼微笑，問年輕的肝說怎麼那麼早到？跟自己心中最景仰的人單獨在一起分享著香菸，是那個時候從來沒想過的期待。想霸占著他詢問滿肚子對於人生疑問的解答，但時機卻不對，就只能對著他傻笑。陽光下，香菸煙霧中，老林老師的臉看起來慈祥無比，他關心著我跟著克華老師工作的種種狀況，問道何時當兵？有沒有睡覺？未來想做什麼呢？他突如其來的關心，讓明明該問問題的我，反而顯得無法招架，只能繼續傻笑。

「克華呢？」他問了我最後一個問題，時間是上午八點五十分。

這是一個您不需要問的問題才對啊！您怎麼會問我這個小小助理呢？您怎麼會不了解他的作息呢？您怎麼會不知道他不可能準時到呢？您跟他認識了那麼久，怎麼會問我這個我無法回答的問題呢？

我的心裡滿滿的都是對他這個問題的疑問，但我甚至連一點思考與焦躁都沒有，第一時間就繳出我的答案，而且覺得理所當然地答覆說：「我不知道。」

慈祥的臉瞬間轉為怒目，持菸的手隨即抓著年輕的肝的脖子，以一種平常在編舞的聲量，在故宮門口咆哮：「你—給—我—現—在—打—電—話！」字字分明的咆哮。

年輕的肝內心有點委屈，更多的情緒是憤怒，一方面脖子被抓得疼痛，但更痛的是看見了自己景仰的人的那雙怒目，對著年輕的肝露出的失望。

於是我隨即打了電話。如同心裡的預設，在上午的八點五十二分，克華老師沒接電話，克華老師不可能在這時候接電話的。

「老師，他沒接。」年輕的肝用十分委屈的口吻說出這五個字，甚至有點抗議意味，暗示著被錯怪遷怒。

沒想到憤怒的臉再度瞬間回到微笑，就在一秒鐘的距離裡，在往後的近二十年裡，我也時常想起這個畫面。

「哈，那是當然的了！」老師慈祥地說。

這個突如其來的轉折來得讓我摸不著頭緒，我甚至不知道剛剛發生了什麼事。

「他不會接的，但是你也打了這通電話，你做他的助理就應該打這通電話。」老林老師看出我的疑惑，這麼說。

那一刻我打從背脊發麻，感到羞愧，這種感覺也時常在往後的近二十年裡被我記起。這也是在正式進入劇場前，一位我所景仰的老師，教導著年輕的肝的回憶，永生難忘的回憶。

行草

我是比誰都幸運的，直到現在我都還是跟身邊的每個人這麼說。第一次參與劇場的影像設計工作就跟著兩位林老師、就是在雲門、就是在國家劇院，一做就是一整年，對一個二十出頭歲的年輕人來說實在是太珍貴的機會。

我當時所參與的演出是「行草」，主要工作是擔任舞台與影像設計林克華老師的助理，協助設計多媒體影像內容。

在那個大型演出用投影機還不普及的年代，雲門準備了一台一萬流明的投影機，但多數的投影內容則是利用多台幻燈機熔接而成。對比現在已經很難想像，一個在目前舞台上稀鬆平常可見的橫軸畫面，在當時是需要多台幻燈機相互熔接才能產生，而要如何熔接才不至於產生幻燈片與幻燈片間的隙縫，是當時最讓人傷透腦筋的技術難題。

在雲門工作，除了技術之外，對於畫面的要求當然是最重要的。為了讓克華老師能夠看見畫面，首先必須將大量從故宮取得的行書草書帖正片掃描為數位檔案，接著從龐大的檔案中一一擷取局部，編排成各式舞台上需要的直式、橫式或方形的規格。那段期間克華老師給予我許多構圖上的教導，也是在那個時候引起我對於舞台投影的興趣。

每次與老林老師開會前，克華老師跟我總需要事先工作幾輪，嘗試各種編排構圖，從數百張畫面裡精選一番後，才與老林老師碰面。會議中，我緊閉嘴巴，打開眼睛與耳朵，記錄每一張的意見與想法，並給予編號。

有些畫面被挑選至「A」或「極好」的檔案夾裡，有些則是「B」或「不錯」，有些是「C」或「不差」，有些則是「D」或「不太好但可保留」。被歸屬到「C」或「D」的也不代表從此消失，有時它們還是有敗部復活的機會，偶爾在逐漸成形的排序中被拿出來看看是否有其他可能。

這是一段極其珍貴的學習過程，也讓我成為爾後教學時常拿出來說嘴的往事，我期許學生們有機會也要跟他們景仰的目標一起工作，因為光是學習他們如何做下判斷，就是一堂寶貴的課程。

在這些養分吸取的過程外，我還是得處理幻燈片的製作與熔接問題。我跑了幾家輸出中心，這對二十出頭歲的年輕人來說不是件容易的事，因為很多店家在我踏進門的那一刻，聽我這個沒太多經驗的年輕人問的問題時，就不太想理我了，所以那段時間也看了不少人臉色。最後我找到一間巷子內的小輸出中心，負責輸出印刷的顏師傅為人十分客氣，願意耐心地授予我專業知識，後來彼此逐漸熟稔起來，我更像顏師傅的員工，走進店裡就直接坐到座位上修起圖來。年輕還是很美好的，可以什麼都不會，在那個肝很好的年紀，只要臉皮厚一點就能活下去了。

那個時候的電腦不像現在這樣功能強大，一台蘋果桌機是我忍痛欠了幾張信用卡的錢才買下的；當時做完畫面也不像現在存在一只小硬碟裡就能帶走，只能再刷卡購買那時候最流行的ＭＯ機儲存，它就是湯姆克魯斯在電影「不可能的任務」裡，從天而降垂吊到某機密庫房裡，從腰中掏出竊取機密資料所使用的機盒，一片能儲存的容量是六四〇ＭＢ，對於現在來說已經是遙遠的骨董了。

因此對當時的我來說，最方便的資料移動方式就是做完後關機，直接將桌機帶到開會的地方觀看，不管天氣好壞都是如此，下雨天時則將機器套上多層垃圾袋，放在摩托車前方，小心翼翼地經過每個窟窿運行。

現在回想雖然對當時的舉動捏了一把冷汗，但實在好想回到那個時候，給那位年輕的肝一個肯定，除了稱羨他削瘦的身材外，也想給他一個擁抱，謝謝他當時做了那麼多的傻事。

「行草」來回測試與修改的時間以年計算，過程累積了數千張畫面，最後從中精選數十張做為演出使用。將數千張的畫面掃描成為數位檔案就是一個艱鉅的任務，儲存這些大量的資料是另一個艱鉅的任務，硬碟空間因此時常不足；空間不足也牽動著電腦運算效能，只好把這些資料一一燒進光碟儲存。燒一片光碟需要漫長的等待，如果要將光碟裡的檔案取出工作，又是另一個等待。

每次會議重複著決定新的影像順序，或插入新的，或再找回舊檔案的反覆過程，畢竟決定畫面先後關係是一門學問，與舞蹈和音樂結構相互牽動著，畫面本身的構圖、色彩、書法字的空間、墨色氣韻的疏密緩急等，有著數不盡的可能。隨著內容的確定，則要開始製作為正式演出用的幻燈片與投影機用的數位檔案，安排實際的測試，發現問題後再回到前面步驟，以穩定的節奏進行著。

終於進了劇場準備演出了，影像的工作區域設在後台，就是觀眾席看過來最遠的那道投影幕的正後方。控台正上方是投影機，四周則圍繞著數十台幻燈機，每次更換畫面時，數台幻燈機同時作動，共同發出更換幻燈片的聲音，讓我覺得開心極了。進劇場的過程十分順利，至少我這麼以為。當時年紀還小，很多不順利的事都有克華老師頂著，對於第一次參與正式劇場影像製作的我來說，每天都有挖掘不完的驚奇。

首演當天下午約莫四點多鐘，最後一次彩排剛結束，老林老師在給完舞者筆記後，放舞者回後台開始準備晚上演出，接著把我找去，要我調整一段影像的過場時間，經過評估後，我算一算離觀眾進場還有快三小時的時間，依照平常的修改經驗，這一段修改起來不用半小時，於是就很快地答應他並開始工作，老師見我答應得爽快，也離開後台控桌，開始忙碌其他演出事宜。

當時要做的調整其實非常單純，就是更改兩段影像的交疊時間而已，只是我當時的專業知識太薄弱，簡而言之，在當時缺乏專業影像播放軟體的情況下，我播放影像的方法，其實只是利用剪接軟體做即時播放而已。這樣的做法等於要求我的電腦即時算圖並播放，非常仰賴運算效能、記憶體與儲存空間。也因為平常排練時都沒有出過什麼問題，就一直以這種方式進行，現在想想過去沒出事也只是運氣好而已。

多年來在劇場裡，我時常感應到相同的事，就是當你著急起來的時候電腦特別會出錯，如果再套句電影裡的台詞，就是人要比電腦強，否則它總會在你特別慌亂的時候耍脾氣。

這聽起來當然是迷信，一切還是要歸咎於使用習慣。不循著正常途徑使用，只是跟電腦對賭而已，放一百包綠乖乖也沒用。經過幾天的技術排練與彩排後，隨著錯誤的累積愈來愈多，當然就容易在首演當下發生狀況，事後可能責怪著為什麼之前沒事卻偏偏在首演運氣不好出事了？一切還是跟使用習慣有著脫離不了的關聯。

我當時也遇到了相同狀況，明明平常半小時就能結束的修改，一直到了五點都還沒好，劇場人人都在忙碌著自己的事，我悶不吭聲覺得這是我份內的工作，持續在後台跟電腦對抗。

五點半了，還沒有好，電腦經過無數次重新開機，還是沒好，我細數著還有一個半小時的時間可以用，繼續嘗試。

六點了，有些舞者已經再度上台暖身，經過時對我說聲辛苦了，殊不知那時候還有一段影像無法演出，我開始心急如焚，剩下一個小時觀眾就要進場。

六點半，所有舞者已經上台，老師要舞台監督遠仙找到我，他根本不知道我在控台滿身大汗，而是要我放其他片段配合台上舞者排練。紙終於包不住火了，電腦還在工作著，我無暇顧及排練，跟舞台監督說我能不能等等配合？還試圖想要掩蓋。舞台監督問我為什麼？我答不出口，台上的排練此時被中斷，舞台監督、老師紛紛出現在我身旁，不久後克華老師也來了。他們詢問著眼前這位年輕的肝到底發生什麼事了？四點時我不是說半小時就會好嗎？

我試圖解釋，但其實並不知道到底怎麼了？感覺眼眶已經微微含淚。六點四十五分，就算現在電腦突然好了、聽話了，我也至少還需要半小時的時間。克華老師問我重新開機了嗎？有啊，不知道重開多少遍了！舞台監督問那我還需要多少時間？觀眾很快要進場了！我真的答不出來，只能回答正常來說只需要半小時而已，但就是一直好不了。圍觀的人愈來愈多，甚至連舞者都過來關心，大家焦急著、議論紛紛著，只有老師一直沒有說話。

「來，大家安靜！去做自己該做的事，不要圍在這裡！」這次他的第一個決定。

「離七點觀眾進場還有十幾分鐘，進場後離演出剛好還有半小時，我要你現在去抽支菸，想清楚，七點前回來告訴我你要怎麼做？以及做不做得到？就算做不到你也要清楚給我一個答案！」老師說出他的第二個決定。

克華老師焦急著也要跟我走出劇場，但被老師攔了下來。我將電腦徹底關機休息，獨自來到三號門，點了菸，問我自己要怎麼辦？外面人潮愈來愈多，看來都是來看今晚首演的，我沒有任何解決方法，只能跟自己說唯一的方法就是一直試，試到好為止，但其實當時的我默默做對了一件事情，就是將電腦關了機，只是當時的我並沒有意會到這個舉動是對的。

抽完菸，我在七點前回到劇場再度開機，老師問我決定為何？

「我現在重新試一遍，如果過程中再失敗了，就表示今天演出不會有這段影像。」我簡直硬著頭皮說出這段對我而言大逆不道的話。

「好，我七點二十五分再回來看你，不行你就跟我說不行，然後我必須讓舞者知道這一段是沒有影像的，但是你絕對不能跟我說沒問題，最後卻沒有畫面，這樣舞者會來不及反應。」現在想想，老師的腦袋早準備了備案，而我雖然當時離成為專家還很遙遠，還學不會成為專家的第一個條件，承認自己做不到。

電腦重新開啟後，一切看似順暢，但是隨著大幕外觀眾的聲音愈來愈熱絡，我的心情也愈來愈不安，唯一能做的就是緊盯著螢幕，雙手冒汗祈禱電腦的每一秒運算都不要出錯。

七點二十五分，老師跟舞台監督又來了，下午一直出錯的階段已經過去，眼看就要成功，但是螢幕上顯示還要八分鐘。

「我們今天晚五分鐘。」老師交代舞台監督後，也陪著我緊盯螢幕，不發一語。

最後在成功的那一刻，老師趕往側台告訴舞者演出如同彩排內容，不需要以備案方式調整，演出如期進行，而我在後台濕透了背，癱軟在控桌上。

演出結束後，只記得老師過來擁抱，他的擁抱對於眼前這位差點搞砸他演出的年輕人來說，是種奢侈，我心裡滿是歉意，腦袋一片空白。

「我想，經過這次經驗，以後你遇到任何事都不會害怕了！」這是老師在擁抱後跟我說的。

確實，在往後的人生裡，雖然遭遇到的困難都已經超過這次經驗，但我還是會記起老師跟我說的這句話。

專家

其實真的不想寫那麼多跟林老師有關的事，只是回想起職業生涯的每一個重大關卡，總存在著老師的身影，甚至都是靠著他的一句話而被打醒了一下、想通了某些事，或度過某個關卡，因此在回溯往事時總是強拉著他出來。

回國後有一段時間，我在外面上班，表演藝術對於我只是個興趣，但對於朝九晚五的工作生態實在感到厭倦，最後還是去找了當時在雲門擔任技術總監的桃叔商量，找尋看看有沒有任何得以暫時維持生計的工作機會？桃叔跟老師討論後詢問我要不要參與新製作的設計？說實在，那時對於表演藝術以及影像設計專業，還是懵懵懂懂的程度，但因為不想放棄機會，還是硬著頭皮答應了。

那次演出是我首次串連多台投影機，四台投影機的拼接難題真是燒破了我的頭，舞作最後一道L型土石流從天宣洩而下，直到淹沒地板，四台投影機必須共同工作，沒有時間差地完成這個重要的畫面。

老師的舞除了細心經營如何開始以及整個過程，如何結束收尾往往更是觀賞重點，不管是「屋漏痕」最後一道水墨的緩緩消失，還是「稻禾」最後的美麗水中雲，或是「白水」最後讓觀眾體會電腦加工回到自然的過程等，收尾像是文章的最後一句，寫下結論，劃下句點，爾後才是大幕漸落，讓演出得以圓滿，在觀眾心中存下溫度。

因為結尾是如此重要，所以現在想起這個製作最後的土石流畫面時，背上不免冒出冷汗，結果雖不是徹底搞砸，但就是不完美，不過這個不完美在老師心中，其實也形同搞砸了。

可以想像一下剛剛描述的L型，如果不是一道完整無時差的土石流，而是彼此「稍微」有著秒差的不連續畫面呢？現在想起簡直是笑話，而且想起當時的自己總在騙自己觀眾不會察覺時，更是天大的笑話。是啊，觀眾或許不會察覺那些細微，但光是這麼想就是一種欺騙了，不像個專家該有的想法。那專家該具備什麼想法呢？三十二歲的我沒有想過，只想交差了事，為自己以為能夠騙過觀眾而沾沾自喜。

首演終於結束了，還上台謝幕接受掌聲，第一次站上國家劇院的舞台謝幕有種不真實的漂浮感。站在台上，舞台燈光打著自己，刺眼難耐，黑色的觀眾席如同黑洞，黑壓壓地深邃，掌聲自這片黑壓壓裡不斷朝你湧進，你知道千雙眼睛正盯著你，而有種尷尬，因此站在舞台上的那一刻有種赤裸的難堪，心裡不免有一絲擔心，想著剛剛那道土石流「應該」完美吧？

觀眾的歡呼聲告訴我應該沒人發現，我開心回到後台與工作夥伴互道恭喜，眾人紛紛討論剛剛演出發生的趣事，或直呼著剛剛哪邊好驚險之類的話題。多數的演出首演後都是這樣讓人感到開心的，甚至會讓人愛上那種感覺。我常常在懷疑，我到底愛上的是參與一齣製作，終於看到上演時的那一刻？還是愛上了製作結束的這一刻？甚至是愛上了緊繃製作結束後的那一根菸呢？

晚上十點多，再激昂的情緒也隨著人潮散去逐漸退散了，彷彿經歷一場高潮後的失落感湧現，我獨自走在愛國東路上感受那股鬆懈後帶來的，也可能是第一根香菸帶來的酥麻感，老師的電話打來。

「老師！」我幾乎原地立正站好地說。

「……」電話那頭的開始沒有喜悅，而是一陣沉默，讓我以為電話沒有收訊。

「我不知道，真的不知道，為什麼我們排練了那麼多次，最後還是搞不定最後那個畫面？」老師終於說話，電話那端的聲音聽起來是失望且虛弱的。

「老師，我想這裡面有一些先天解決不了的問題。」沉默了幾秒後，我試圖給他一個說法，像極了一個三流業務拙劣推銷著商品，用著空洞的、官腔的方式，試圖將三流包裝成專業。

「那你說，那是什麼問題！」老師幾乎無縫地接話，聲音轉為急促。

現在想起，老師那時候聲音的急促，當然帶著情緒，但也不是在咎責，更像是聽到有解決的可能性後的某種期待。跟我往後遇到的許多強人一樣，強人遇到問題也會沮喪，但不同的是，在沮喪之餘，強人總是思考著要怎麼解眼前這道題，強人總是花時間找方法而不是找藉口。

「老師，可能是電力，也可能是線的傳輸，目前還不清楚，而且我不是管電腦的，管電腦的是ＸＸＸ我也不好跟他說……」在這邊我對不起這位ＸＸＸ，其實我也忘記ＸＸＸ是誰了，只記得是位資歷較深的雲門技術部同事。三流設計並不是想要陷害ＸＸＸ，只是當時卡在資歷尚淺，有許多問題不敢提出，因此想把這位XXX拉進來做為承擔責任的分母。至於是電力問題？還是線的問題？三流設計根本沒有解答，只想用倫理糾葛蒙混過關。

「所以我說王奕盛你不是個專家！不是專家！不是專家！」老師聽完，在電話中憤怒咆哮起來，不斷重複這句話。

「專家不會這樣說話！專家不會因為年紀比人家小就放棄解決問題！你是真的不懂！你不是專家！」老師說完掛上電話，三流在愛國東路上定格了。

應該很少人這樣寫書的吧？盡掏一些暴露自己缺點的事出來講，但是因為太深刻了，實在無法隱藏，畢竟隱藏了就真的是三流到家了不是嗎？我還在努力著想成為一名專家，不管成功了沒，至少一直努力著，努力著脫離了三流的行列。

國家文藝獎

我從不諱言有一天我也想得國家文藝獎，倒不是妄想著得獎時的喜悅與榮耀，這種念頭實在太褻瀆這個獎在我心中崇高的位置了；主要是早期我所遇到的國家文藝獎得主們的個人特質讓我心生嚮往，也因此期許自己再堅持下去，希望有朝一日也能夠得到這個殊榮，像他們一樣成為這個領域的典範。

當然不是所有國家文藝獎的得主都如此，我也曾聽過某位得主抱怨著他的晚輩不配得獎的心聲，這位得主我至今仍崇拜著他，雖然許多與他接觸過、工作過的人聽到他都避之唯恐不及；他待人刻薄是事實，但無損我對他的尊敬。我看到的是他數十年如一日，依舊每天做著該做的功課，試圖維持自己的最佳狀態，光是這一點就足夠讓他得獎了，不是嗎？

「他們讓我比他早得，就是為了幫他今年得獎鋪路而已！」

當他氣憤地說著這句話的時候，我還是不免有些失望的，我更期待我崇拜的是個雍容大度的人，那樣或許會讓我更為他著迷吧？但這就是劇場，充滿了各式各樣的情緒與糾葛，而比起完人我更喜歡人味重一點的凡人。他接下來的批評我就不多說了，不是好聽話，而且我也不想出了這本書後消失在表演藝術界，在沒撐到得獎前，我不能就這樣被消失。

像他這樣的國家文藝獎得主其實不少，畢竟這是個充滿了愛恨情仇的場所，場所裡上演的很多時候也脫離不了這些愛恨情仇。選擇以藝術為生早就注定與致富無緣，尤其在這塊藝術還是非必需品的土地上，更是難上加難。

圈子裡的眾人秉著一股對創作的熱愛投入，才發現維持自己的熱愛更需要經營與會計，外加還得懂一些行銷與管理，同時還要不斷創新突破自己好不容易建立起來的風格手法，打破那些自己建立起來的限制，築牆的與破牆的全要靠自己，也因此我是相對寬容的，我總覺得不管在這條路上的你我是不是正步履蹣跚，但光像是大小鮭魚死命往上游掙扎，能夠繼續堅持停留原地的就已經是種進步了，而最後的最後，還能夠保持優雅姿態的那個，就足以成為典範。

某年，某齣雲門新製作，於臺北國家劇院首演當天，舞台上絲毫沒有即將首演的從容，好吧，其實參與過那麼多製作後，仔細回想起來也沒有太多演出可以在首演前是從容的。多數的演出還是存在著一股風雨欲來的緊張氣氛，各部門都在擔憂自己的時間不夠，雖然經過了技排與彩排，但進劇場的過程很多時候除了解決問題，更多時候也是發掘與創造新的問題。

但雲門的標準是很不一樣的，畢竟製作期經常長達一年以上，也就是說該掌握的、該排除的，甚至該放棄的，早就在進劇場前準備完成，不像其他演出，通常是進劇場後才有第一次整合、第一次看到的機會。

「彩排視同正式演出」這句話是劇場人經常掛在嘴上的，所以正式彩排必須跟正式演出完全一樣地演練，差別只在有沒有觀眾而已，除非發生緊急危機，完全不能停止演出進行。通常在彩排後要做的調整已經不會太多了，當然按照正常的時間表工作，這時候的狀態理應是穩定的，不影響演出的小調整可以繼續，但如果是在即將演出前的重大更動，都應該視嚴重狀況決定是否應該調整，否則很有可能會毀了演出。

這齣製作在彩排後，依舊沒有即將演出前的從容，林懷民老師像是突然想起什麼似的要求舞者們排成某一段的隊形，然後在台口來回走動。

「哇系啊，哇系啊，哇系啊……」老師來回走動間不斷自言自語著他的焦慮。

大家如果有進劇場看演出的經驗的話，應該會知道演出空間是立體的，也就是說每一個不同座位的觀眾可能因為看的角度不同、遠近不同、樓層不同，而有不一樣的觀賞經驗。也因此有些演出會事先在賣票前劃定某些區域為視線不良區，而我們的工作之一也是希望盡我所能減少這樣的落差。

老師在開演前突然發現某些角度的觀眾看上舞台的隊形不夠好看，因此突然產生了焦慮，這一點對三流的我來說是極度佩服的。老師時常走來時問我說：「你有沒有到二樓去看過？那裡真是美極了！」或是，「你應該去樓上看看，我剛剛看到某些不好看的東西。」

三流時常自顧不暇，只有時間管顧正中央控台看過去的視野，對於三樓或四樓的觀眾可能看不清楚等問題，也時常理所當然地回答「不同票價就應該看到不一樣的畫面啊」，這就是三流之所以還是三流的主要原因。

老師演出前的這個小焦慮以及後來立即做的調整，讓我見識到什麼叫做追求完美，以及對於演出的高度負責，雖然老師這樣的舉動跟他是不是國家文藝獎得主沒有直接的關係，但當時的我認為想得獎總得先像他這樣才有機會吧？當下我期許自己，不管過了多少年，還能持續關注著那些不被觀眾發現的細節，為每一位買票進場的觀眾負責，不要再說出自以為合理其實是狡辯的藉口。

首演結束後，我在國家劇院三號門抽著菸。劇院三號出入口外有個為癮君子們特別設立的吸菸區，對我而言，三號門存在的意義甚至有點高過劇院本身了。那是一個可以暫時供人休憩的小小場所，很多創作者也是在三號門外，靠著彼此一根菸的時間討論出想法的。對我而言，三號門更是我經歷高壓的演出結束後，稍微宣洩的地方。在那裡一根菸的時刻，我也不只一次想起了舜晟師，用他特有的那張笑臉跟我說：「怎麼樣？下工的第一根菸是不是很特別？」

正當我在想著演出裡某一個片段，也正在享受著首演結束後的放鬆時，突然發現服裝設計阿如老師不知何時默默出現在三號門的另一角落，她也正抽著菸。

如果說我希望未來能夠成為誰的話，阿如老師絕對是我的目標之一，畢竟她是少數以劇場設計而獲得國家文藝獎的得主之一。她總是優雅現身劇場，我很少見到她動怒；她在她的領域不但是位專家，更是我們這些晚輩的人生導師，只要有問題請教她，任何人都可以感受到她以極專注的態度對著你聆聽，彷彿那是她自身的問題。阿如老師近年除了自己的創作外，更投入大量時間心力協助年輕團隊，想起她這麼做時，我總是告訴自己，希望有朝一日也要像她一樣能做出點貢獻。

「老師好，我怎麼沒發現妳在這裡？」跟老師打招呼的當下，其實感受到有朵烏雲在她頭頂上。

「你知道剛剛他跟我說什麼嗎？」阿如老師口中的「他」指的就是演出前為了隊形而焦慮的那一位。

「他竟然演完後跟我說那些衣服要重染！」阿如老師的眼神依舊堅定，抽菸的手有些激動地顫抖著。

「我還以為老師您的東西不會被改。」現在想想，我說這樣的話還真是三流，完全沒發揮任何安慰效用；當然老師根本不需要我的安慰，更多的只是傳達出原來她也跟我一樣會被改設計的自我安慰而已，進而有種既然國家文藝獎得主都會被改設計了，三流的我被改只是剛好而已的釋懷，果然三流。

「怎麼不用改？我都想過我應該會一直染布染到死。」阿如老師溫柔並堅定地說出這句話後與我道別，不是抱怨，而是種對自己專業的認分。三流在三號門口望著阿如老師離去的背影，好像多了一份對自己該做的事的認分。

正當我還在崇拜當中，舞者與其他工作人員們從三號門出來準備回家，靜君老師看到我，給了我一個擁抱。靜君老師算是雲門的傳奇人物，她的舞蹈演出皆為經典，其中最為人津津樂道的是她在「九歌」裡演出的祭天女巫。她擔任雲門首席舞者多年後轉任助理藝術總監，協助老師編舞，持續將自身經驗傳授給年輕舞者。

曾經在報導中看過，有人問老林老師進入雲門跳舞該具備什麼條件？老師當時回答：「一天不跳舞就會死的人可以進雲門。」靜君老師就是憑藉著那樣的熱情進入雲門的。

與她的寒暄談話期間，她不只一次按壓自己的手臂，我問她身體還好嗎？原來是下午為舞者示範時的動作帶來的痠痛。

「以前喔，不跳舞會死，現在喔，跳一下就想死了。」靜君老師給了一個自嘲式的回答後也離開了，她也是我一天之內在同一個場地遇見的第三位國家文藝獎得主。

一樣望著她的背影離去，一輩子不曾離開過舞蹈的人，到現在依然以她的方式熱愛著。我感覺到還有一大段路得走，在走到終點時，我希望我依然記得今天遇到的人、與他們說過的話，以及自己應該做的事與該保持的態度，直到某天也成為像他們一樣的人。

檀木與夾板

做這個行業有個好處，就是可以到各種地方看見形形色色的人。另一個好處就是，不管你多愛或多討厭一齣製作，總會有結束的一天。

劇場是很難複製的，不像電影，電影拍攝完畢、後製結束後，可以大量複製到世界各地，但劇場的演出可沒那麼容易，因為演出者的狀況、觀眾的反應、技術設計的問題，甚至天候等等，都會讓同樣的演出產生不同的結果；同樣的笑點或哭點，今天的觀眾反應比昨天更為熱烈；或是昨天一樣的點有這樣的畫面，今天卻因為電腦出包而沒了這個畫面。對劇場演出來說，每天都是一個版本。

身為一個多愁善感的劇場工作者，很多時候我在進劇場當天已經感到悲傷，前提是如果我很愛這個製作的話，彷彿踏進劇場的那一刻就等著幾天後要與演出道別。相對的，當我參與到讓人沮喪的製作時，在踏進劇場的那一刻也同時慶幸著幾天後就可以跟製作說再見了。對不起，這真的不是太正面與健康的想法，我道歉。

劇場生活讓我看見人生百態，如同我熱愛的歌仔戲「安平追想曲」其中一句台詞說的：「一齣戲就親像過一生。」劇場工作者伴隨著製作度過一次又一次的生命片段，可能上週在清朝、下週在未來，演完西方歌劇後，下週則參與了歌仔戲，不斷不斷地將這些訴說著生命裡的生老病死春夏秋冬，層層堆疊在你的生命中，讓人不自覺地靈魂都老了起來。

所以偶爾，只是偶爾，當我參與到一些荒謬的製作時，反而可以暫時跳脫出來，將這些荒謬視為某種喘息的機會。不過基本上會說人家荒謬，就表示我們自己身處在自以為正確的邏輯下，已經是種偏頗了，所以，說它們是非一般演出思考的演出比較恰當。

這類別的演出通常由一群沒有劇場相關背景的人主辦居多，有時不乏宗教性活動與其他領域公關商業活動，因為活動中存在著演出性質，為了更為順暢精彩而找來劇場與表演藝術相關背景的人參與，雙方因為工作習慣不同，也因此很容易碰撞凸顯出某些價值觀的差異，因此，當劇場人說對方荒謬時，可能對方才認為我們荒謬也說不定。

記憶把我帶到某直銷大會現場，場地不在劇場而是某巨大會議中心裡。跟我接洽的聽說是這個單位最最最上層的人，由他主辦該年度的直銷大會，聽說他的下線數以萬計，他每個月不用工作就能獲得數百萬元分紅。我沒寫錯，你也沒看錯，數百萬元！但更讓我驚訝的是，即便每個月都能不用工作獲得數百萬元，他依舊持續擴張著他的事業版圖，再次驗證了「有錢人跟你想的不一樣」這句話。

第一次跟他見面時約在他的餐廳裡，當然開餐廳並非他的本業，他的本業就是直銷。開餐廳只是一圓年輕時的夢想而已，而且舉辦會議時方便也體面，也難怪當他電話中說「到我餐廳吃個便飯聊一聊吧」的時候，有種故作輕鬆中卻難掩驕傲自信的感覺，一種將黃金地段上的百坪豪宅稱為寒舍的不協調感。

他果然用「就是個吃便飯的地方」做為他餐廳的暱稱，也藉此展露他的雍容大氣。在這間金碧輝煌的餐廳裡，放眼望去盡是歐式風情，說不太上來該歸屬於巴洛克抑或是新古典的風格，羅馬柱旁的裸女雕像對著我微笑，抽象表演主義的油畫以黃金色畫框裝裱著，不論是真是假，很肯定的光是裱框就不便宜。日式穿著的服務人員拿著電子平板讓我點餐，這一刻像是一齣歪掉的表演跨界合作，我在不太順暢的平板上，點了一份宮保雞丁套餐，等待期間開始聊起本次合作的話題。

長桌上除了我之外坐了五、六個人，每個人西裝筆挺，胸前標配戴有六芒白星鋼筆、手上清一色幾乎都是黃金鑽錶。他們稱呼彼此的方式倒是引起我的高度興趣，我們以某種物件舉例，就說木頭好了，各種木頭還是能夠區分出某種階級與價值吧？就像夾板聽起來可能比較低階，橡木聽起來就比夾板還要高階一點，而最高等級可能叫做檀木之類的，他們對彼此的稱呼就是以某種物件的等級來區分。在這邊為了不打擾他們的隱私，我還是先以木頭舉例，其中看起來比較低階的一位趙夾板說道：

「這次活動是我們陳檀木主辦的，主要是陳檀木創辦這個體系二十週年的紀念活動，會有世界各國不同體系的其他檀木、橡木或夾板共同參與。關於細節我們恭請李橡木接著說明……」

我一邊苦惱於如何使用刀叉吃宮保雞丁，一邊聽著夾板簡報。李橡木準備接手開始前，主辦陳檀木一臉嚴肅放下他的刀叉，說在那之前必須給我看一份資料。

投影幕在我後方戲劇性降下，趙夾板迅速地接上電腦，原來他們的電腦中都備有陳檀木的簡報資料。陳檀木嚴肅地開始他的演說，第一張照片是他跟他的夫人王檀木在搭直升機旅遊前的合照。

你沒看錯，陳檀木的太太也是檀木，這個體系只有他們兩位檀木，其他的都是下線，所有的人，不管是橡木、檜木、夾板，無一不是夢想著有朝一日也能獲得足夠下線成為新體系的檀木。而陳檀木的太太王檀木跟陳檀木一樣，不用工作每個月就能獲得數百萬元！

「這是我跟我太太王檀木兩個月前去美國搭直升機前的照片，來，下一張。」

趙夾板播放第二張照片，是這對檀木夫婦在遊艇上喝香檳的照片。

「這個是我們的遊艇黛安娜號，是我祝賀我太太成為檀木的禮物，來，下一張。」

我好奇地看著身旁的夾板與橡木，他們雖然應該已經看過無數次檀木的自我介紹簡報，但依舊不約而同地流露出羨慕的眼光。接下來我觀看了數十張檀木們奢華的旅遊照，從直升機到遊艇、到頭等艙、到檀木現有的辦公室，那是一間位於某知名建築物頂樓的辦公室，樓層就假設是六十樓吧，而最後一張照片卻是一間鐵道旁的老舊公寓，照片中同時將位於六樓的頂樓加蓋以紅色線框標記，陳檀木此時說：

「六樓到六十樓，我們夫妻從沒有辦法三餐溫飽到現在變成檀木，還擁有自己的餐廳，每個月進帳數百萬元，想要的時候就可以搭直升機坐遊艇搭頭等艙去世界各地，我想要你清楚地告訴來參加的人，只要他們願意，有一天都可以像我們一樣做到！」

檀木講得十分激動，聽得我也十分激動，夾板與橡木以及檀木的夫人王檀木更是激動，我心想這到底是怎麼一回事啊？我有種我也想成為檀木的衝動，要不是忍住了，我真的差點在當天成為夾板開始築夢。

活動當天，世界各地的夾板、橡木、檜木、檀木都來了，我的設計重點則是呈現六樓老舊公寓頂樓加蓋變化成知名建築六十樓的過程，現場的夾板、橡木、檜木們看著陳檀木再次秀出那些直升機、遊艇與頭等艙時都瘋了，有的起立鼓掌、有的大聲叫好。

活動另一個重點是晉升儀式，表揚今年度因為業績成長而從夾板晉升橡木的，或是橡木晉升檜木的夥伴們。每個人都充滿著希望，三流連夾板都不如的我，在控台吃著雞腿便當，滿嘴油膩看著這一切，看著上萬名觀眾如此熱烈，台上的陳檀木慷慨激昂。其實把陳檀木換成某知名歌手，台下觀眾換成另一批粉絲，不都長得一樣嗎？

「你相信你做得到嗎？」陳檀木帶領大家宣誓！

「可！！！以！！！」我怎麼也跟著人群呼喊了起來？

第一名

「如果要挑一齣印象中最痛苦的製作，你會挑哪一齣？」每當深陷艱困的製作中，我跟我的影像技術執行總會互問這句話。

算一算從這位影像執行退伍至今，我跟他也合作近十年了。他原本是我在劇場設計系第一年教書遇到的學生，退伍後來找我應徵設計工作，卻被我誤入歧途推入火坑，一入坑就將近十年時間沒有爬出來過。這段不算短的日子裡，他跟我參與無數大小戰役，至少也有個一兩百場了吧，只要是困難的製作我心裡必先想到他，必有他的身影我才能放心。

所謂困難的製作其實分很多種，多數是因為技術難度極高、時間極短的緣故，當然也有少數原本簡單卻因為人而變得複雜艱困的。臺灣劇場常規的工作時段是從星期一進場裝台開始，星期五晚上首演，星期天演完下午場後拆台，這也是我總說進劇場像是賞櫻的緣故。

這段賞櫻期間，舞台要搭建、燈光要設計、影像要調整、演員要上台，所有部門以非常高效的方式擠在一塊，一邊各自部署也一邊互相配合，直到最後所有人拼在一起終於看見完整的樣貌時，通常已經離首演時間差不多兩天半的距離。好的狀況拼在一起可能跟想像很貼近，不好的狀況也很有可能是場災難的開始，然而不管好的或壞的，唯一能做的就是在所剩不多的時間內，在觀眾進場前，傾全力讓眼前的作品更細更好而已。

投影很多時候需要等候舞台架設完畢才能調整，畢竟許多畫面要根據舞台的位置與比例配合，在投影可以開始調整的時候，燈光卻也急需看到投影畫面才能設計燈光，一環扣著一環，面對的壓力自然不小。

多年來，因為經驗與某些慘痛的教訓，我們部門總是盡可能在進場前反覆推演進場後可能會遇到的麻煩，先計算好需要的工作條件與時間，趕在進場前先跟舞台監督、技術總監或相關部門協調，好爭取可以順利工作也不影響其他部門夥伴的空間。

困難的製作光是進場前預想就讓人直冒冷汗，不管是多台投影機拼接，或一台投影機打著多個破碎投影區域，或艱難的投影機吊掛位置，或幾乎剛好投影機寬度的大門，或擺放投影機的最佳位置是在觀眾席視野最好的地方，或無法清楚成像的投影材質等等等等，就算經過事先場勘測試與圖面計算，一切還是得進了劇場才知道與想像的距離是遠還是近，所有的待解決與無法解決，都要在有限的時間裡解決。

「經過這一次，以後應該沒有困難的了！」

好多次，在經過了長久的焦慮、現場遇到問題的爭吵，並再次圓滿達成任務後，我跟他總會在飯店裡喝著啤酒閒聊時跟對方說這句話。不管是面對著上海某酒店的開幕，焦慮了半年不知道到底該投影在哪裡的那塊草地，或某次在衛武營天天坐滿控台十二個小時，天天更換上百個檔案，或圖面上九塊巨大不規則投影景片、五個半小時戲長的巨大作品等，在經歷了焦躁、面對、失敗、找尋、成功的過程後，在找到方法下了通宵熬夜重來比較踏實的決定後，隨著情況逐漸明朗，焦慮逐漸降低，終於看見好看的畫面了，那些受的委屈與承受的壓力，也都化為經驗值，隨著啤酒一起喝下，有時連抱怨的力氣都沒有。

或許我們都是為了高度壓力後的那一刻鬆懈而熱愛這個行業的吧？畢竟那根菸與那口啤酒，品嘗起來是如此的銷魂，像是無法戒掉的癮，讓人以為是種踏實。

「那你覺得這一齣會不會取代變成我們的第一？」

通常在以為當下這場硬仗是最困難的時候，我們會無聊地再度細數過去的慘痛遭遇，試圖重新排名：那一檔很瞎，但是跟人有關跟技術無關，應該還是第三；那一檔很硬，但過程其實還算按部就班且順利，還是第九。

但這麼多年過去了，每當進行著無聊的排名討論，提到我們的第一名時，我們總會不約而同沉默數秒，倒吸一口氣，默默將剛剛以為最有資格成為第一名的，放置到第二名的位置；這個第一名的製作，技術的難度遠遠落後於二到九名，但是論痛苦永遠第一，如同傷痕般留在我們的心上，每想到一次就會痛一下，難以抹滅。

時間又來到某年某月，應該會是場順利的演出吧？我那時是這麼想的。第一次的製作設計會議，聚集的都是業界好手，溝通起來氣氛愉悅，大夥描述著美好畫面的想像，笑聲不斷。

我總是珍惜第一次的會議，首先是可以認識不同的團體、不同的導演、不同的創作者，再來是這個天馬行空的時刻還沒有太多時間、預算或其他壓力，彼此像閒聊般談論著理想與夢想，拿著國外設計的參考圖片，看看人家的好，想像著我們的製作能不能超越它。導演當時提到，很希望演出中「來」一段真演員與影像對打的橋段，在那個時候聽起來也算是項創舉。

這種真人與影像假互動的演出在當時頗為流行，不過投影畢竟是平面，要做得逼真，真人演員站的位置與投影幕的關係，甚至與燈光間的配合，都必須十分精準。

我剛好在當時的不久前，在雲門參與了類似的製作過程，有一段演出也是由預錄舞者與台上真實舞者互動，我們早在演出幾個月前將影像預錄完成，老師吩咐每位舞者都必須拿到一份光碟，讓他們各自練習。雲門的舞者素質不用我再贅述，每位舞者對我而言都像怪物或機器般，什麼音樂的第幾拍第幾小節，哪隻腳要到舞台的某個位置，像這樣的要求對他們來說簡直小菜一碟，但即便這樣優秀的他們，在各自拿到預錄影像後，還是各自找空檔在電視螢幕前面觀看，數拍子，同時身體扭動起來。這樣練習的過程持續了幾個月，不管是在家、練舞後的休息時刻，或是回家或來雲門的路途上，都以各自的方式不斷持續練習。因此當我聽到導演當時說想「來」一段類似的表演時，馬上想起雲門舞者練習的身影，也很擔憂要達到精準的結果，可能不只是「來」一下這麼簡單。

說起「來」一下，不只是這個例子而已，劇場裡很多時候也會半開玩笑似的要任何人「來」一下：這個空檔能不能「來」段音樂？這邊可不可以「來」點燈光？這個時候要不要「來」段影像？「來」這個看似簡單的單字，很多時候是得像雲門舞者一樣，耗費幾個月的練習，重點是在練習前確定這個想法在各層面的執行度，才能夠得到的。

所以愈專業的人聽到「來」一下時應該要緊張，因為深怕著「來」一下不像說的那麼簡單，更害怕當最後「來」不成的時候，原本想「來」一下的人往往會說其實他也只是說說而已，不是真的那麼想「來」啦，就算只是意思意思一下，有點「來」的感覺就可以了，或是他也可以接受其他種「來」的方法⋯⋯。寫到這邊，竟有股莫名的失望感。

拍攝與真演員對打的影像當天，我們克難地借了一個空間，架設了幾盞燈與一塊不合格的綠幕。到場錄製的演員跟未來要與影像對打的是同一個人，這讓我稍微感到放心，畢竟今天錄的與未來自己在台上的動作是一個人創作的，失誤率應該會減少才對，但是當我開始拍攝才發現他才要開始想動作，並跟我詢問音樂長度。我心裡開始感到不安，畢竟他現在錄製的是另一個他，也就是說現在錄製蹲下，表示未來他在舞台上要揮拳；現在錄製跳起，未來舞台上他要掃腿。我懷疑到底是我把事情想複雜了，還是他把事情想簡單了？

他邊聽著音樂，嘴裡邊念念有詞：「這邊，一二三四，我跳他打，二二三四，我擋他揮，三二三四……」一場演出因為他高度的才華，很快地被即興完成了，他演練了兩次，胸有成足地說可以錄了！我再度想起雲門的舞者，每個人如臨大敵地捧著手中光碟，一抓到時間就猛力練習的畫面。

他老兄倒也真沒耽誤大家太多時間，我們比預期時間提早很多拍完，導演也很滿意剛剛的畫面，彷彿這個「來」一下的想法已經成功。我不死心地再次狗吠火車提醒，我會把影像盡速完成，請務必反覆練習，不然……。我還是沒把話說完，演員一副身經百戰地，十足有把握地，拍著胸脯地說：「不用擔心，沒問題的！」離開了，導演滿意點頭，也用笑到瞇成一條線的眼睛目送他遠去。

隨著進劇場的時間慢慢逼近，劇團安排了幾次最後整排，舞台已經設計完成，幾層紗構成主要投影介面，演員們在小小的排練場，根據地上不同顏色的膠帶想像著未來在舞台上的走位。假互動的演員因為同時在其他劇組演出，我始終沒見他到場過，劇團也不太擔心，直說他早收到影片並持續練習著。

我很難死心，尤其想到第一次拍攝時他到場才聽音樂的畫面，深怕這段時間他根本沒開過我的影片練習，連回家做夢都夢到這段演出出包的樣子。只是進了劇場架設完投影機後，我就再也沒時間顧及到他了，因為投影根本無法在紗上成像。

那次的投影是正背投同時存在，大家可以想像一下當紗存在於舞台上時，紗上要從正面給予投影，紗的後面，也就是離觀眾最遠的後方有塊投影幕，投影幕的背面也給予投影，所以正常來說紗上有畫面，透過透明的紗可以看到背後投影幕上也有影像，營造多層次的畫面意境。

然而，因為紗的材質關係，導致正投上去完全不清楚，也因為材質太厚，不用說三層了，連降下一層都看不到後方投影幕上的影像。原本該是層層疊疊的畫面，變成了互相阻擋，演員站在紗後也看不到身影。預算考量，所以投影機不夠亮是原因之一，但材質選擇的錯誤是最大原因，畢竟連燈光都無法穿透。

問題還在釐清，解決的方法還在找尋，但責任很快地就被推到頭上來，劇組裡開始出現閒言閒語，負責紗的人私下找導演聊天，好幾次就那麼剛好被我聽到，那個投影怎樣怎樣的，突然因為我的出現，變成了那個燈光怎樣怎樣的。

不過想想還是要怪自己，我錯在應該第一時間要求測試材質的，我錯在應該要有經驗在進場前告知這樣做可能會失敗。說實在的，我應該把所有會影響投影效果的都歸屬在自己的確認範圍才對，閒言閒語固然惹人厭，但我怪不得別人。

為了解決這些問題，大家花費了很多時間，同時進行著技術排練，但有些演員依然無法到場，除了投影燈光外，舞台也滿是技術問題，因此每天晚上十點結束後，所有人還要趕回劇團繼續開會檢討，但其實是去被檢討。

通常劇團會準備宵夜，幾位主事的人喝著高粱，我們幾位當事者一臉疲憊坐在那乾等，焦慮著剛剛在劇場裡還沒解決的問題，等他們喝得滿臉通紅，玩笑四起時，偶爾回來檢討一下。檢討的方式也是醉話連篇，這樣的會議過程每天持續到凌晨兩點左右，有時候劇團可憐的行政這時才提著一大袋傳單回到劇團，說他們剛剛去哪放了傳單，明天一大早他又要去哪裡宣傳；導演喝著酒，還是笑咪咪地說聲辛苦了，但一點都不在意。

首演當天，我們還在上半場技術排練，這是極不合理的狀態，通常我們必須完整走過所有場次的技術排練，也就是所有技術點都確認過，關於舞台換景點、音樂點、燈光點、影像點等等都走過一遍，確定每個點跟點的關係、時間、呼吸、節奏後，才會進行正式的彩排。

彩排視同正式演出，要著正式服裝，除非舞台發生危險，否則不能中斷，也是所有參與創作的人最後檢視的機會。然而你沒看錯，我們直到演出當天下午還在走上半場的技術排練，那時候我們也顧不得有沒有正式彩排了，只祈禱至少走完下半場技術排練就好。

屋漏偏逢連夜雨，舞台在下午發生狀況，布景在升降中斷裂，我們因此中斷一小時修補；接著繼續進行到傍晚六點左右，某個平台再度崩垮，只好再度中斷搶修。七點觀眾就要進場了，上半場技術排練算走了九成，但是沒有人知道下半場長什麼樣子。後台便當來了又回收，根本沒有人有時間打開。

六點三十分，正當一切都在最混亂的時候，那位要跟自己影像對打的演員終於來了，他第一次到劇場，他第一次到劇場，他第一次到劇場！他走進控制室找到我，一派輕鬆地跟我問說能不能播一遍影像讓他看看？我在萬念俱灰之餘將影像播給他看，只見他再度念念有詞：「一二三四，好的，這邊我閃，二二三，我跳，三二三，我出拳，ＯＫＯＫ，謝謝！」然後他離開了，然後他離開了，然後他離開了！

上半場演出算是順利結束了，下半場就要開始，我跟燈光設計都戴上通話器，畢竟我們還算看過排練，但沒有經過彩排甚至技術排練，我們也只能猜測。於是通話器裡舞台監督、燈光設計、我，以一種猜測並詢問彼此的方式進行著對話：「你這邊有點嗎？等等演員應該會突然下，你要快點收……那我呢？我跟你們一起收囉？」

想死，真的想死，然後我最重要的一段就要來了，我詢問舞台監督說：「等等對打時我不用管演員對嗎？音樂跟我一起走，他聽到會自己——」我話還沒問完，演員突然出現了！突然出現了！突然出現了！我跟音效等不及舞台監督，舞台監督也被嚇到了，我們紛紛走下自己的畫面與音效，演員也根本不管我們，自顧與空氣對打起來，所有人以一種平行時空的概念，各自走在自己的平行線上，各自「來」了一下。

首演結束了，一點喜悅也沒有，觀眾很寬容，掌聲還是不斷，但掌聲愈是熱烈，我的心情愈是低靡。我們再度回到劇團檢討，沒有首演後該有的喜悅，主事者繼續喝著酒，看起來倒是挺開心的。

「如果要挑一齣印象中最痛苦的製作，你會挑哪一齣？」

這麼多年過去了，也參與了這麼多製作，我們還是願意將第一名的位置留給它。劇場是個團隊合作的地方，這齣戲不斷告誡著我。

中藥罐

這個業界有許多強人，要稱得上強人需要具備許多特質，就是當眾人聽到某個訊息都想死時，強人已經在想著如何解決、如何尋找備案，甚至真的做出放棄的決定，然後勇於承擔後果。這個業界這樣的強人很多，未來有機會我會再一一介紹他們給大家認識。

其中有那麼一位強人，我從她身上學習何謂真誠待人，她也是唯一一個，在任何沒有她在場的談話中，眾人還是說著她的好的。其他人倒也不是都被說著壞話，世界並沒有那麼黑暗，只是抱怨難免，但大夥提到這位強人時總是佩服再佩服，最後的結論往往是所有這些認識她、跟她一起工作的，都是上輩子倒了她的會似的，這輩子才會對她那麼死心塌地吧！

她比我還要年長，但卻有比我堅強的肝，她可以不用睡覺，她真的可以不用睡覺！以致於所有認識她的人對她的期許都只要她能夠多睡覺。她不跟設計談預算，只要設計覺得是好的效果她都支持，設計會議上當大家抱著頭苦惱著可能會很昂貴而膠著時，她卻如同置身事外地放下手機說：

「沒關係，有好效果就開下去！」

她很忙，她可以戲演到一半，真的是一半，因為下半場沒她的戲，然後衝去做一場講座再回來參加謝幕。她可以早上六點在臉書打卡正前往花蓮，精神奕奕地提醒大家今天變涼了要注意保暖，然後下午三點又出現在她的劇團，眾人感到有點疑惑，有點時空錯亂，問她不是去花蓮嗎？她會一派輕鬆地回答：

「對啊，剛回來。」

某天，在文山劇場，大夥排練至晚上十點，因為劇場關門緣故，團隊所有人移到隔壁咖啡店繼續開會。應該已經過凌晨十二點了吧，大夥的腦袋已經停滯了，我因胸悶感到呼吸困難，猛力敲打著心臟，王三米在一旁罵我說：

「跟你說過多少次去檢查身體，你不聽，去一下很麻煩嗎？你真的想死在舞台上嗎？很浪漫嗎？」

強人聽聞後馬上關心，並說下次見面要帶一罐中藥給我，我表示感謝，並回說沒關係。

通常都是這樣的不是嗎？人與人之間太多這種關心，我相信都是真誠的，只是大家真的太忙了，真的真的太忙了，那些「下次一起吃飯」、「有機會拿一本書給你看」、「以後不忙的時候約一下」之類的對話，都因為太忙了，連聽的人都很容易直接歸檔到可忽略的記憶裡，很少有人會真的記著，而抱怨對方失信吧？畢竟那個當下就只是一種口頭上的關心不是嗎？

會議就在我可能因此暴斃的話題中結束了，大夥準備回家睡覺之際，強人才正要準備開車前往中部某山區，參與電視戲劇的夜間錄影。

「妳要自己開車下去？幾點要到啊？」大夥紛紛表示震驚，我們都知道她不用睡覺，但真的有點超過我們的想像了。

「對啊，自己開比較方便，三點前到就好了，等等到了我睡一下就好。」強人一如往常一派輕鬆回應，精神依舊飽滿。

「可是妳明天不是中午要回來排戲嗎？」眾人繼續覺得荒唐。

「嘿對啊，沒關係啦，就等拍完回來再睡一下就可以排戲啦。」強人繼續一如往常一派輕鬆回應，眾人感到不可思議到已經快要發瘋。

在為什麼一樣的人生會存在著兩種時間軸的懷疑中，大家還是散了會，離正式進劇場裝台還有兩週時間。這兩週內強人依舊維持著她的日常，排戲、開會、結束後去拍戲、偶爾瞬間移動到外縣市再回來，依舊精神奕奕。

兩週過去了，我踏進了城市舞台，按照慣例先到觀眾席最後一排關心投影機與控台安裝進度，然後在我的控桌上看見一罐中藥，上面寫著「給奕盛」。我竟然還有些茫然，但就在我記起來的那一刻才感到全身發麻。

如果你了解這個人，尤其是她恐怖的、密集的行程，以及身為主角的她有多少台詞走位要背，還有她身邊有多少人要關心，最後是那些突如其來的，為了滿足身邊朋友需求的講座、見面、會議……等人情活動，一句兩個禮拜前說的，在大家都腦昏眼花的深夜十二點，她還要開著車在凌晨三點前抵達中部拍戲前的承諾：

「下次見面我帶一罐中藥給你。」

這得多麼有心、多麼誠懇、多麼惦記著，才有辦法讓這罐中藥安靜地站在我的控桌上呢？於是我全身發麻，瞬間明白自己的待人處事是那麼的不夠深入仔細，也瞬間明白自己不是上輩子倒她的會，而是完完全全臣服於她的真誠。

美雲老師，謝謝，要睡覺好嗎？謝謝妳把我當家人，把我放妳心上，給我那麼多機會，更讓我看見一個人把自己徹底燃燒可以產生那麼大的力量，但還是要睡覺好嗎？

老師的行李箱

某天上午急接到林懷民老師電話，老師問我在不在辦公室，因為他整天要參加其他會議，傍晚才會到臺北車站搭車南下，參與雲門巡演的排練。我的辦公室離臺北車站剛好不遠，所以如果我有空，他希望可以等等計程車經過我辦公室時，先將行李放我這邊，然後傍晚我再拿到臺北車站給他，這樣他就不用提著行李到處跑。說完電話迅速掛上。

老師很常搭計程車與捷運趴趴走，時常都有機會在路上捕捉到野生的老師，他偶爾來我辦公室工作告一段落外出吃晚飯時，我也總愛在一旁觀看他被民眾活生生捕捉的畫面。

掛上電話後我加速我的油門，我知道老師雖然說得一派輕鬆，但估計他應該已經出了門才打這通電話的，而且必定會比我們約定的時間提早到達，但又不想給人壓力，所以會準時在約定時間才按下門鈴。

假設跟其他導演或編舞家約了早上十點看畫面，通常雙方都是十點左右姍姍來遲吧，有的甚至遲到一下，到了先喝杯咖啡抽根菸話話家常，正式開始通常已經超過十點了，就如同跟某團工作的某次經驗一樣，約定上午十點劇場見，我跟助理們約莫九點出頭抵達現場開始準備，開投影機、安裝檔案，簡單測試後等待工作開始，結果對方十點半左右才抵達，抵達後交代團員昨日筆記，正式開始時已經逼近午餐時間，只好直接放飯，吃完飯後要午睡休息，最後下午兩點半才開始工作。我笑說你們的時間怎麼這樣輕鬆呢？對方的技術總監一派正常地回答：

「在我們團，我們的十點就是十一點的意思，你要習慣。」

我則回答他：

「在雲門，十點就是九點的意思，所以很難習慣。」

這也沒有誰對誰錯的意思，就是每個團的氛圍而已，輕鬆點也相對少死一點細胞，我倒是很享受這樣的工作。

在雲門的所謂十點看畫面，必須思考前置作業要花多少時間。老師很準時，往往九點四十五左右可以看到他下計程車的身影，然後嘴巴上說不急，是他早到了，如果好了告訴他就好，然後就在你說其實已經好了的當下，他又說那我們在等什麼？好了就直接開始吧的有趣對話。

所以我加速了油門，在我到達辦公室不久後老師果然到了。他要我從後車廂取下行李，行李十分沉重，我問他：

「你不是才去沒幾天？怎麼帶那麼多行李？」

「裡面都是要給你的東西！你拿上去自己打開！」老師有點急躁地兇了我一下，計程車離開了。

我被他突如其來的情緒弄得有點莫名，將行李搬上二樓後，打開一看，滿滿的書原來是要給我看的，這也是造成行李箱沉甸甸的主因。

我一本一本地，一邊翻閱一邊將書拿出行李箱，最後這個登機箱大小的行李箱，就只剩下他要去南部兩天一夜的一套換洗衣物，以及一條手機充電線而已。

我望著這個空蕩蕩的行李箱，視線又模糊起來。

慶功宴

慶功宴絕對是一個值得關注的主題，慶功宴絕對也是一個充滿人情世故眉眉角角的地方。

短時間內我還沒有將慶功宴做出分門別類的頭緒，畢竟實在太多種類，從業以來參加過不少慶功宴，手機裡也因此記錄著許多見光死（對方死我也死）的機密檔案，如果要說誰有勇氣出一本「你所不知道的臺灣劇場」這樣的書，不如直接竊取我手機裡的錄影比較快速，內容實在太有趣也太驚悚了。

大致來說，先分為兩種慶功宴吧，一種是開心的、另一種是不開心的。這看似廢話，其實也不盡然。不開心的慶功宴不太需要贅述，畢竟辦得成的機率已經夠低，辦得成才有被記錄的可能。不開心的慶功宴源自於不開心的製作，這樣的製作不外乎整個過程充滿劇烈摩擦，溝通也不順暢，表演藝術已經不能致富了，多數創作者求的不外乎是可以成為作品這樣虛無的期盼。

而成為作品又是什麼意思呢？就是嘗試了些新東西，得到一點不錯的結果，讓參與的夥伴都覺得自己名字放在節目單上是驕傲的，而不是羞於承認的，然後留下精美的紀錄，幾年後再次看到時還覺得不太差的，我想就是作品了吧！當然每個人的標準不一，成為作品的門檻自然不同。

製作都是先將有想法的一群人聚在一起，但人本來就是獨立的個體，藝術家們更是，劇場本來就是一個凝聚共識的場所，一旦失去了共識，就會演變為各做各的狀態；更糟的是充滿對立，作品自然不會好，很容易因此被歸納到不開心的製作裡。

例如服裝設計為了做出心中認為好看的鞋子，期待編舞能夠適應十公分高的鞋跟，而編舞為了保護自己的舞者不受傷而據理力爭；其實沒有人是錯的，充其量就是少了一點對於各部門的不了解而已。把話說開或許是個好方法，可偏偏有人為了顧及彼此當下氣氛，而選擇了繞道私下找導演協調，或是在工作之餘各自與各自的部門夥伴抱怨，最後造成兩個部門間水火不容的慘劇。

說穿了就是都以為自己最辛苦，少了點對彼此工作特質的認識罷了。劇場牽扯的都是人的問題，而人是最難搞的生物。

總之當我們來到了一個不開心的製作，大家可能從滿心期待到心灰意冷，最後意興闌珊地告訴自己就是來賺點錢。這是極度不開心的，因為說來賺錢其實也沒多少，更沒有累積成為作品的機會，人生一個小小片段幾乎等於浪費了。

然後演出結束約吃慶功宴，大家則禮貌性地以各種頭痛腳痛身體痛的理由不參加，或是參加了卻發現現場氣氛異常冷靜，大夥只把慶功宴變成純吃飯的功能時，往往可以嗅到事情並不單純。

我人生的第一場慶功宴是大學畢業製作演完後舉辦的，北藝大戲劇系與劇場設計系至今保持著密切的合作，兩邊畢業生各自組成製作團隊共製畢業公演，戲劇系出編導演，劇場設計系則擔任演出各部門設計。我的畢製在當時可說是眾星雲集，因為製作人是研究所的大學長，他早學弟妹們好幾年在外面電視台工作，所以對於自己擔任製作人的演出可說是傾盡全力協助，不論演出卡司或資源挹注，簡直不像齣學生製作了。

我們的慶功宴設在紗帽山上某溫泉土雞城裡，我開心地帶著當時同在劇場設計系的前女友一同前往，剛坐下沒多久，學長F抱著一整箱玫瑰紅到來。學長還在餐廳門口抱怨著酒好重時，學姊Y對著我大罵說：「X你X雞X，你是不會過去幫忙膩？」我被這突如其來的五字經嚇得趕緊起身，學長F則對著學姊Y說：「你幹嘛嚇人家啦？人家還帶女朋友來耶，你快跟人家道歉啦～～」

原來這一切都是學長姐的默契，在一搭一唱之間，酒開了，學姊Y先喝並致歉，大家覺得身為學弟的我應該怎麼辦呢？這一切都是人生需要做決定的某些時刻，我第一次意會到慶功宴不盡然是開心吃飯互道感謝的地方，當然也不是每個學長姊都會整學弟妹，整人的學長姊因為不討厭你而整你也都可以理解，但我真的只能說這對我來說一直都超過我能應付的能力。

只記得最後我是被抬下山的，畢竟學長姊要你喝酒有千萬種方法，他們可以因為你很可愛喝一杯，也可以因為你很不可愛罰一杯，也可以因為一直逼你喝覺得內疚罰自己一杯，然後在罰自己一杯後又怪罪學弟沒有阻止她原諒他而要罰你三杯。

不喝只有一種方法，卻很有可能讓現場氣氛變僵，這真的是一個人生的課題，至少對我而言是。當然在年長一些後發現可以以身體健康為由，或以開車不喝酒為由等當做藉口，但這也是很多年以後才有辦法學會一本正經地說出口。

總之，那天我被抬下山，下山的過程要求女友停車讓我在路邊吐了四回，是我人生第一次的慶功宴慘況。

接下來的多年內，我陸續參加過不同製作的慶功宴，撇開那些不開心的，多數都是愉快的。被安排的座位也從一旁的工作人員桌晉升到主桌。寫到這裡我必須說，慶功宴的座位安排這件事，一直以來都是充滿高度政治智慧的，如果繼續鑽研下去，連參加慶功宴應該何時抵達，以及何時起身敬酒等等，都會是門學問。

先說座位好了，突然想到除了慶功宴的座位外，也可以順道聊聊停車格這件事。幾乎每個劇場都有幾個個位數的停車格可以申請，通常都會保留給幾位每天最早到也相對資深的技術人員，方便他們可以立即上工使用。當然也會保留給製作團隊的經營者、總監或導演等人員，只是僧多粥少，為了避免自討沒趣，也為了留給更需要的人，我一向是不要求的。

但這件事對某些人來說就是天大的大事，同樣身為主創，為什麼替誰留了車位卻沒留給他？以一個車位做為自身重要性的磅秤在使用著的其實多有耳聞，但我沒有批評之意，只能老話一句，這就是人性。而當一個車位都能成為一種重要程度的象徵時，就不難說主桌那十二個座位如同兵家必爭之地般的存在了。

慶功宴跟參加婚禮不一樣，反正沒有人會在參加婚禮時一屁股坐在主桌上，除非你是親屬。因此，參與慶功宴的人往往會在心裡預測這十二個主桌座位該怎麼坐，當然你可以說是我把人想複雜了，我自己也沒多清高，在參加前我還是會稍作盤算的，主要是避免造成別人的困擾。

人把自己想得太重要時是會造成他人困擾的，我深信這一點，因此我總會晚到個十分鐘，讓該坐的或想坐的盡快填滿。有人很愛主桌，但我更喜歡可以放鬆好好吃飯，我一直都是那個幻想著把慶功宴當純吃飯的白目人。所以之前提到該幾點抵達慶功宴現場也是門學問對吧？太晚到顯得大牌沒禮貌，太早到又得面臨自己選位置的小劇場，坐了不該坐的地方被趕更顯得尷尬，實在很不容易。

很抱歉以厚黑的角度描述了一件原本單純開心的事，當我多想就是了。接下來假設我們全都坐定位了，大風吹都吹完了，平和一點的狀況是大家開始話家常，聊聊這次演出的過程，宣洩一下過程中緊張的部分，開心地直到最後。

其實多數開心的慶功宴都是如此而已，在歡樂的氣氛中互表感謝，偶爾有些餘興節目，大家會把演出中的梗拿出來應用，有時候一起哼唱著劇中洗腦的音樂，或互相嘲笑著演出的出包或發生過的糗事，這些都是平和的部分。最讓人難忘的則是那些近乎失控的場面，歸屬於我手機裡不能公開的祕密。

慶功宴很多時候也像是參加救國團活動後那樣，充滿了各式離情依依的不捨。在短時間內有了高度的革命情感，眾人帶著一種相見恨晚的情懷參加，酒過三巡後紛紛發下豪語，諸如「我們要加演一百場！」或「只要以後我還做戲一定有你們！」之類的話，其實就跟救國團活動後彼此互留電話那樣，彼此允諾著未來一定要再聚，但其實根本很少再發生。很多話真的聽聽就好，太認真會內傷。酒後是有可能吐真言，但是也會吐幹話與未消化完的食物。

說起喝酒，不得不想到臺灣劇場圈那幾個以會喝聞名的團隊，他們台上表現優異，台下喝酒也放得開，第一次參加其中一團慶功宴前我就有耳聞，身邊幾位朋友聽到我要參加該團慶功宴時，紛紛露出驚恐的表情。好友兼同班同學建偉甚至跟我說：

「奕盛，記得我說的話，如果你不會喝，就千萬一滴都不要喝；如果你喝了一口，你就死定了！」

這句誇張的話讓我有些緊張，讓怕死的我參加前就打定主意裝死到底滴酒不沾，以求全身而退。事情原本進行得很順利，也應該進行得很順利才對，當天我的角色設定是喝酒會引發頭痛的藝術家，開始兩輪敬酒下來都以果汁成功蒙混過關。

我們才剛經歷了一場極成功的演出，除了觀眾以外，參與的夥伴個個開心驕傲，大家閒話家常好不熱鬧。團長酒量其好無比，跟大家敬酒舉杯瞬間就見底，問我怎麼不跟大家一起喝？我抱歉地說因為會嚴重頭痛緣故，真的無法請見諒。

「哎啊，一杯啤酒而已可以的啦！」團長說。

看著團長慈祥的表情，我有些不忍，覺得自己不應該讓長輩失望，這麼想著的當下我突然想起同學說的：

「奕盛，記得我說的話，如果你不會喝，就千萬一滴都不要喝；如果你喝了一口，你就死定了！」

真的有那麼嚴重嗎？當下氣氛良好，我有些懷疑，甚至覺得大家是不是都言過其實了些呢？就這樣我點了頭說：「那就一杯就好了。」

就在說完這句話的當下，同桌團長與團員們齊聲鼓掌，三秒內的時間，不誇張，就是三秒內而已，有一隻手拿著一只空酒杯從我右後方伸入，將酒杯放置於我桌上，在我要回頭感謝這位替我帶上酒杯的人時，他再次將手伸入，這次是替我倒上啤酒。

因為酒已經滿上，團長手也舉起，我已無暇回頭致謝，第一時間雙手將酒杯舉起，感謝團長與團員們這次演出的包容。喝完放下酒杯，想拿果汁的時候，我想了一下同學說的話，心想應該不會有事才對吧？

不料果汁還未拿起，那隻神祕的手又從我右後方伸入，再次把酒杯滿上，一樣來不及回頭致謝，團長說：「來奕盛，你也跟導演乾一杯！」

我開始感到一絲不對勁了，導演的手也舉起並且將酒一乾而盡。這一切都來得有點太快了，幾秒鐘的時間已經乾完兩杯，不久前我不是才滴酒不沾的嗎？不過一切都來不及反應，神祕的手再次從右後方伸入，再次滿上離開。他到底是誰？至今還是一個謎。

就這樣，我在短時間內打了通關，主桌上每個人都以一樣的節奏敬了一杯，我感到有些不行了，菜還沒上，菜真的還沒上！這一切來得太快了！我開始環顧四周，現場氣氛有點嗨，可是這樣的氣氛通常應該發生在上魚左右才對啊，為什麼我們連第一道菜都還沒上就這樣了？同學說的話是真的！然後我發現隔壁桌有位團員已經以一種小學生睡午覺的姿勢，右手墊在桌上頭靠在手上倒了！他的下方桌底放了一個水桶，水桶邊有些許嘔吐物。等等，我們菜還沒上，他已經倒了？我眼前的酒杯基本上維持著空了就滿上，滿了就喝掉的節奏持續進行著，我必須自救，喝酒會頭痛的藝術家的角色設定徹底失敗，我必須出奇招自救！就在頭腦不清楚且慌亂的情況下，我說：

「等等，啤酒這樣喝我真的不行，因為我平常都習慣喝趴數比較高的白酒。」

這個白痴的奇招是我涉世未深的證明，三流以為整間餐廳都是啤酒的狀況，要生一罐白酒應該沒那麼容易吧？沒想到說完後，隔壁的燈光設計以一種「我再也救不了你」的眼神看著我，沒多久那隻神祕的手再度從我右後方伸入，直接給我一個公杯，公杯放畢後直接拿著一罐高粱將公杯倒滿。

第一道菜終於上了，在對手朝我揮下右勾拳的那一刻，鐘聲響起，拳頭在我鼻梁前一公分停止了，因為第一道菜上了！

藉著上菜後的空檔我尿遁到戶外醒酒，腳已經站不穩了，公杯裡的高粱乾了一半，久久不敢回去面對剩下的部分。不知逃避了多久再次走進，現場的氣氛已經來到平常尾牙抽最大獎的模樣了，眾人圍繞在主桌，原來是喝醉的主角踩上主桌對著團長唱戲，我一邊拍手大笑一邊靠近，拿起手機錄下這精彩的畫面。這一刻時間彷彿是靜止的，眾人在各種歡愉與拍手叫好的慢動作中，此時我的眼神掃過，突然掃到一位資深的團隊行政人員，他以一種難以置信的眼光怒視著我，並且用慢動作警告我說：

「絕─對─不─可─以─上─傳─影─片！」

瞬間時間回復正常速率，站在主桌上的演員繼續發酒瘋，眾人拍手叫好，醉倒隔壁的繼續醉倒著，要上第四道菜的服務生不知道該把菜上到演員腳邊還是哪裡，為我倒酒的那隻神祕的手依舊隱藏在人群之中，正所謂高手在民間。趁著大夥無暇顧及我時，我緩緩躲到最角落的一桌休息，那桌的團員也到主桌旁開心吆喝，不知道坐了多久，他們全回來了。

「看節目單上原來你也是北藝大的啊？」某位團員好心地問。

「是啊。」我回答。

「你是劇場設計第一屆的？」好心的團員繼續問。
「是啊。」我回答。
「ㄟ大家快過來跟學長敬酒喔！」不安好心的團員吆喝同桌團員舉起酒杯。
我的記憶只停留在這句話，醒來後人已經在餐廳門外，昏沉間隱約看見眾人倒在路旁，或被人攙扶踏上計程車，燈光設計過來拍拍我問我好不好後帶著微笑離開。凌晨兩點多，我還無法站起，坐在騎樓下想起同學建偉的話：
「奕盛，記得我說的話，如果你不會喝，就千萬一滴都不要喝；如果你喝了一口，你就死定了！」

失聲的麥克風

演出前的觀眾席，大幕落定，將幕前觀賞演出的以及幕後準備演出的，區分為兩個世界，我想是我們之所以被稱為幕後工作人員的原因吧！雖然我的工作區域多數是在觀眾席最後，但在大幕落下準備開放觀眾進場的那一刻，我的心也如同多數藏身大幕後的同仁一樣，期待且焦慮著。

晚上六點五十八分，舞台監督在通話器裡詢問各部門準備狀況，燈光好了嗎？舞台可以了嗎？影像呢？在一一確認各組人員都在線上後，一句：「那我準備放觀眾囉！」宣告進入戰備狀態。

七點一到，守在每個入口處的前台人員，一聲令下逐一打開劇場大門，不一會，觀眾席的空位漸漸填滿觀眾，熱鬧喧嘩。對影像部門來說，此刻不能再做任何調整，唯一能做的就是祈禱，祈禱等等大幕開啟，按下電腦影像播放鍵的那一刻，投影畫面得以順利放映。遇到重大的演出時，影像執行真的會閉眼禱告，也算是某種進入演出的儀式。禱告完畢看看控桌上的綠色乖乖還在不在，上面有沒有把戲名寫正確了。對於劇場工作人員來說，擺放綠乖乖是為了乞求一切跟訊號有關的機器都能功能順暢地亮起綠色燈號，是幕後技術人員的御守，畢竟該做的都做了，綠乖乖是我們最後的防線。

隨著觀眾愈來愈多，聲音愈來愈鼓譟，離演出的七點三十分愈來愈近，我們的心情也愈來愈忐忑，擔心著藏在觀眾席走道的光纖會不會被觀眾不小心踩斷？擔心靠近我們控桌的觀眾會不會不小心踢掉了電源？擔心投影機還在正常運作嗎？像這樣的小劇場不斷地在我們冷靜的外表下上演著。愈擔心愈嚇自己，彷彿已經預見等等大幕打開沒有畫面的驚悚畫面，於是趕緊用通話器聯絡後台，打開投影，請後台協助確認現在有沒有畫面，確認後關掉，重新開始焦慮。

七點三十分，舞台監督再次確認各部門狀況，樂團到位了嗎？演員可以了嗎？觀眾進完場了嗎？我們準備要開演了喔！來，場地須知請走，場燈三明三暗請準備。鼓譟的觀眾席隨著須知播放逐漸安靜起來，直到現場燈光收暗，只剩下一點咳嗽與翻動節目單的聲音，而通話器裡的我們才正要開始熱鬧起來，演出就此開始。

隨著演出一分一秒前進，所有幕後演員舞者舞台燈光影像音響梳化服裝行政等人進入戰備狀態，誰在音樂的某個點或聽到某句台詞時應該上場，另一個誰應該在講完某句台詞後下場，然後趕在二十秒內快速換裝再度上場，此刻側台服裝快換人員像極了F1賽車場的換胎團隊，每個人早就演練過彼此順序，手上各自拿著自己的裝備，緊盯演員優雅帶戲走出舞台，走進側台的那一刻第一時間衝上幫演員脫衣脫帽，然後快速穿衣穿帽，時間一到，演員再度緩緩帶戲走上台，燈光轉換，二十秒的時間彷彿帶領觀眾回到了二十年前，台上回憶著往事，舊情依依，側台卻個個安靜地氣喘吁吁。

這也只是演出進行中發生在某個時間點的某個角落的事而已，還有無數發生在相同演出、不同時間與角落的，甚至是不同演出、不同的時間、不同的後台與側台角落裡的。如同賴老師的「曾經如是」所講的，時間與偶然環繞著我們，發生了就是無常。

偶爾那個誰的麥克風又出狀況了，那個誰繼續在舞台上強壓困惑像沒事般地演出，通話器裡大呼小叫，音響人員瘋了，這場戲還有五分鐘那個誰才能下場，音響也不能衝上台去更換新麥克風，戲如常進行著，大夥像是熱鍋上的螞蟻，那個誰急中生智，講話時多靠近對戲的另個誰，好讓自己的聲音透過對方的麥克風傳送出去，五分鐘如同一年那麼久，終於那個誰說完再度帶戲下場，後台又是一陣快速換胎，時間滴答形成巨響，完成那刻，賽車手呼嘯上台去。

偶爾某根舞台吊桿沒降下來，可能是設備出了狀況也可能是錯過了降桿時機的出包，在台上的演員們早已熟悉在每個時間點要發生的事，卻在這時沒看到該出現的換景，有經驗的往側台一看，大夥手忙腳亂，舞台監督像是呼叫賽車手還有一圈地揮動手臂，暗示景下不來，戲正進行著無法中斷重來，演員只好即興發揮，大家默契十足地配合，對著空氣繼續演出。

還有記憶中有次的偶爾，台上高齡七十幾的老演員，帶著極濃厚的感情向觀眾講述將近四頁Ａ４的獨白，十幾分鐘的台詞一個人說，沒有其他演員能提詞接話；老演員首演時重新剪接了自己獨白記憶的順序，時而跳至第三頁第五行，再跳回第二頁倒數第三行，字幕人員找到新的字幕已經錯過，再次告訴我們時間不是誰可以追上的真理。看著他的字幕簡報在兩側字幕機上，時而對上，時而迷失，時而停滯，直到放棄，我想起了狗追蝴蝶的可愛畫面，狗兒疲於奔命地吐著舌頭追逐飛舞的蝴蝶，口水汗水直噴，而且畫面是慢動作的。

道行夠深的老經驗演員倒也非常能處理這樣的偶爾，有些甚至會製造一些偶爾，譬如趁某位演員生日時將他慣用的道具更換成某種整人物品，戲如常進行著，當壽星演員正在情緒點上，打開櫃子要拿出道具的那一刻，驚覺變成了整人道具，在那短短一秒之內，歷經驚訝、憋笑、回到該有的情緒，與他同台的演員各個面不改色繼續演出，側台早已笑成一片。雖然這是個不良示範，也只會發生在巡迴超過百場的演出中，不過是想說明觀眾們看到的跟我們知道的存在著一段不小的距離而已，因為台上總要是優雅的，這些偶爾就當是人生的提醒吧。

就像雲門四十週年演出「稻禾」那次偶爾。四十週年演出是何等大事，首演當天更安排了新竹、苗栗、彰化、南投、雲林、屏東、宜蘭七縣市文化中心的同步直播。平常如果發生什麼偶爾就是當天晚上的一千多人看到而已，但是「稻禾」如果真的發生什麼偶爾是上萬人全國性的，我光是想到就頭皮發麻。因此在演出前，我破天荒地提出非得生出第二套設備做為備機使用的要求，為演出買份保險，假設投影播放出了狀況可以立即切換至備份系統，減少損失。

這在國外是日常的演出概念，但是在臺灣是種奢求，畢竟多一套系統就是多一份預算，雲門並不是眾人想的那麼有錢，在演出製作方面也是得精打細算的，因此為了這個需求還跟技術總監起了一點爭執，他認為不應該為了某場演出特別改變我們對待演出的態度，四十週年的演出就是一場演出而已；而我則覺得平常我們都嚴肅面對每場演出，但這一場演出存在著更不能失誤的責任，必須再買份保險。

總之，最後還是買到保險了，我們坐在觀眾席裡跟隨著演出進行，心情根本無法放鬆。阿凱坐在老師旁邊，戴著無線通話器，老師手拿著紙筆不停記錄著筆記，時而轉頭輕聲跟阿凱說話，要他跟後台立即做些調整。三流的我雙眼緊盯投影畫面，每一秒都幻想著它突然消失，雙手出汗捏著大腿，心跳隨著每一次即將轉換的投影畫面而加快。

終於來到尾聲，在觀眾席裡的創作群在尾聲時要悄悄站起，先步出觀眾席，然後快速奔跑至電梯，往上坐到四樓，出電梯，進入行政人員辦公區，再搭通往後台的電梯往下直到後台，時間必須算得很準，太晚出來趕不上謝幕，太早抵達會少看了一些觀眾席裡的片段。

電梯打開的那一刻，投影畫面剛好來到最後，隨著音樂即將慢慢收黑。就在此時，畫面突然跳黑消失，雖然只差約五秒時間，但是那個跳黑還是讓我大罵了一聲：「幹！怎麼這樣！」觀眾席裡已經傳來鼓掌聲，等待上台謝幕的老師緩緩轉頭過來跟我說：「已經發生了，幹也沒有用。」如同佛陀對著三流開示著無常無所不在的真理。

劇場就是如此即時，就是如此多變，如此像是櫻花綻放那樣短暫，有些錯誤可以成為獨一無二的美麗，有些則讓人體會了錯過就不再的遺憾。「稻禾」的偶爾出現在即將結束的倒數五秒，佛祖遺憾但不至於動怒，然而有些偶爾如今回想起來還是讓人驚心動魄，只會希望此生永遠不要再次面對。這個偶爾跟「稻禾」不一樣的地方是發生在戲的開頭，而我沒有參與到這個製作，也只是聽聞劇場前輩口述，不過即便是口述，已經夠嗆辣了。

時間來到好多好多年前，國寶級的某位大師退休後再次復出，演出前新聞炒得火熱，票從開賣不到幾天已經全盤售罄。大師為了這次復出做足功課，將所有時間都投入於排練中。他的人生已經夠精彩了，也早已不需要靠演出費生活，完全是為了滿足戲迷而來。大師也特地為了這場重要的演出匯集了當時國內最為火紅的設計群，技術製作皆為當時國內的一時之選，聲勢浩大，強勢回歸的復出氣勢是那一陣子圈內人都會討論的話題。

首演當天，崗位上的每個人無不戰戰兢兢。據當時某位製作高層長輩描述，首演當天下午，劇院大廳擺滿了來自親友粉絲祝賀的花籃，數量之多前所未見。

時間很快地來到晚上七點，舞台監督確認各單位工作狀況後，開放觀眾入場；大廳已經擠滿觀眾，劇場大門一開紛紛湧進，充滿了深怕晚來會錯過搶不到位子的期待。

七點二十五分，觀眾席已經坐滿，彼此交談的聲音填滿觀眾席，大家手拿節目單來回翻閱，討論著大師過去的種種精彩事蹟，也討論著當時宣布退休的原因，更難掩即將到來的、闊別舞台多年後的第一次出場亮相。

七點三十分，重要的一刻終於到了，館方須知已經播放完畢，有經驗的觀眾知道演出就要開始，心裡的期待來到最高潮，現場的鼓譟並沒有因為演出即將開始而減輕，反而更熱烈了。這時候的大師應該在側台站定的，畢竟等舞台監督宣布場燈暗，大幕起，在一陣激烈音樂中他就得出場。有經驗的觀眾一定知道，那時候的鼓掌聲會有多瘋狂，而在唱出第一聲的當下，也不知道會有多少人因此掉淚！

七點三十二分，舞台監督遲遲不敢宣布開始，樂團指揮不斷詢問，手上的指揮棒何時能揮下開始演奏？觀眾更鼓譟了，須知播完已經過了兩分鐘，劇場等待的兩分鐘有如兩小時那樣長久，每個單位都在等待舞台監督，而他還在等待大師來到側台待命，於是他跑到大師的休息室門外，輕聲敲門，詢問大師準備好了沒？大師回應，他開了門，只見大師早已裝備完畢，但還坐在沙發上抽菸。

雖然這已經是多年前的故事，但也已經是室內禁菸的年代，而大師依舊坐在沙發上抽著菸。他問舞台監督，觀眾都到了嗎？有坐滿嗎？舞台監督回答，觀眾早已坐滿，大門也關閉了，一切只等大師準備好就要開始。

大師熄了菸，重新點起了另一根，悠悠地跟舞台監督說：「那再讓他們鬧一下好了。」

後來我才知道，像他這樣身經百戰也看盡人間冷暖的大師，一舉一動任何決定都有他的經驗法則，例如早期參與電視台演出的緣故，他會先與燈光師打好關係，而不是導演。因為曾經因為沒有和燈光師做好疏通，而被打了難看的光，影響螢幕上看起來的效果。現在演出也一樣，讓觀眾「鬧」一下，意指讓觀眾再等候、期待一下，也有助於烘托第一次亮相時的熱絡氣氛。

七點三十五分，大師熄了第二支菸，緩緩步出休息室，來到了舞監桌旁，隔著大幕閉眼感受大幕外觀眾「鬧」的程度，此刻大幕外充滿期盼，再拖延下去簡直要暴動，一股想要將大幕掀起的能量呼之欲出，大師於是睜開眼睛，跟一旁的舞台監督點了點頭，示意可以開始，舞台監督終於敢發號施令，呼叫場燈收，樂團指揮準備，燈光準備，各部門準備。

場燈收暗的當下，觀眾反常地不是隨著燈暗逐漸收起音量，而是因為真的要開始了而發出一股尖叫與掌聲。大幕升畢，指揮大力一揮，音樂下，燈光起，台上充滿煙機發出的煙霧，大師在音樂中入場，觀眾瘋了，還看不清楚他的臉，但都瘋了，掌聲不斷，隨著音樂重拍節奏，大師身段剛好到點，站定，轉頭回眸看往觀眾。

觀眾此刻真的瘋了，大師回來了，期盼了多久？幾年？不，是十幾年啊！劇院的屋頂快被尖叫聲與掌聲掀翻，有經驗的大師稍微等候這股聲音間歇才要唱出第一聲，以免被掌聲掩蓋。大師於是再做一次身段，再次回眸奮力一唱，結果，麥克風沒有聲音。

所有幕後人員在那一刻的世界瞬間變黑白，我彷彿可以感受到音響人員在那一刻如置身地獄的心情。

從新聞發布的那一刻開始，到票券幾乎秒殺，再到所有的辛苦排練，然後進了劇場，技排，彩排，大幕起，觀眾的瘋狂，最後到大師的第一聲唱沒聲音，我相信音響人員那一秒的人生跑馬燈應該上演著這樣的畫面吧！雖然我沒有參與，但還是能夠描述得如同親臨現場般，除了跟我口述這段歷史的製作高層長輩是個說故事高手外，我相信所有有點劇場經驗的工作人員，都很能體會這一刻的感受，畢竟那是我們最害怕的事，不會因為部門不同而有什麼改變。

這是屬於幕後人員專有的夢魇，舞台技術人員害怕著吊桿下不來，燈光技術人員害怕著做好的燈因為控台當機而在演出前一刻全部消失，影像技術人員害怕按下按鈕的那一刻沒有畫面，還有無數其他部門的幕後人員都害怕著差不多的事，如同大師沒有聲音一樣，不同的是，這是大師睽違多年的復出之作的第一個聲音，嚴重程度超越以往，直落地獄第十八層後，撞地穿破，無人可以承接，深不見底。

大師繼續唱著，按照平時演練那樣，該做身段做身段，但就是沒有聲音，最後索性將別在身上的麥克風取下，憤怒地往側台一丟。麥克風砸到地上，沒有人敢碰，畢竟那上面附滿了多大的怨念啊，沒有人敢撿起。最後，音響公司老闆還是將它撿起了，眾人對他投以同情的眼光。沒有人想在自己身上發生這樣的事，科技從來不是來自於人性，科技永遠只會考驗人性。

就像某次有個團體看見投影執行電腦的報價後問我，他們劇團也有電腦，能不能用他們自己的就好，可以省點錢？我望著那台只能夠拿來當做文書處理的電腦許久，試圖跟他們解釋我們租用高端電腦的理由後，他們似乎理解卻心有不甘地說：「那如果演出時發生狀況，我們可以不付錢嗎？」

我有點難以理解這樣的邏輯。劇團甘願為了省一點錢而使用更容易造成演出中斷的設備，卻在付費使用更低風險的設備後提出這樣的要求，真的是貪婪醜陋。於是我跟他們再度解釋，只要是科技設備都沒有人能夠保證不會出錯，你買windows時也會因為當機而跟微軟索賠嗎？我能夠做的就是買保險而已，租用更高端的系統減少風險，或再多租一套以防其中一套失效，但就是兩倍錢的事情。劇團聽到第二套時簡直瘋了，但也因此放棄要我們簽署設備出錯索賠聲明。

有點離題了，我只是要說我相信所有人，不管實際參與或像我這樣沒有參與的，都不希望發生這樣的事，也相信唯一能做的，就是在大師身上別兩支麥克風，或其他備案，但說到後來，一切都是錢，所以科技始終考驗著人性。

據說音響公司老闆撿起麥克風，演出結束後在大師休息室外罰站許久，等候大師卸妝，大師沒有回頭，只透過鏡子的反射跟老闆說：「你就是不想給我唱就是了？」

我想起了近期在追的韓國醫療劇，裡面的醫師在面對焦慮急迫詢問開刀風險時，總是淡定回答說雖然這是很普通的手術，但沒有人能夠保證百分之百成功。是啊，沒有人可以保證手上的機器完全不會出錯，我們唯一能做的就是買保險，同時要告知使用風險這件事存在的機率。省錢的結果就是與出錯的機率對賭，大師的演出、敬業的準備等等造就了大師的地位，值得後輩尊敬，但是要技術人員在此刻承受不給他唱的情緒，也實在有點沉重了。

這件事就不多做後續報導了，總之，失誤無法彌補，演出無法重來，表演藝術的即時性雖然時常提醒我這些失誤也是演出的風景之一，但真說出口時就變藉口了，也沒有人有資格要求大師有大量，畢竟每個人在意的點不同，最後這個沒聲音的遺憾，廠商還是用錢解決了。

古木投影

某年某月，我來到上海市郊場勘，行程匆匆，兩天一夜而已。從虹橋機場下機後，出租車師傅已經在外舉牌等候，上了車，一個多小時的路途上我們並沒有任何交談，一來是我本來就不擅找話題與人攀談，二來可能是心裡滿是對於這個製作的糾結，在不自覺中露出嚴肅的表情。

早在幾個月前就跟導演在臺北有過一次對話，但那次討論並沒有太多決定，因為製作期拉得很長的緣故，少了些急迫性，很多事項反而留給未來場勘後再做打算，因此這趟場勘之行，腦中幾乎沒有任何關於這個製作的資訊，只知道演出場地設在某間新建的酒店戶外。

以往來到上海，出租車總是往市區開，以致於愈開車愈擠，也愈來愈慢。這次的車程走的並不是我熟悉的路線，反倒愈開愈順，也愈開愈荒涼起來，我的心情本來已處在焦慮，窗外陌生的景色為我帶來更大的不安。所幸不只有我憂慮著，連載我的司機都不時看著導航，嘴裡低聲喃喃自語：「這邊兒真的有酒店兒嗎？」看來他也是第一次來到這一帶，因為同是迷路人的緣故，稍微降低了我的不安。

路上只有我們一台車，同向與對向都是，每邊都是寬敞的四線道路，道路更外側皆為黃土，黃土上一字排開規矩等距種著落完葉的枯樹，除了道路與枯樹，不見任何建築、車輛與人影。不久後，我終於捺不住性子，詢問司機跟他嘴裡一樣的問題：「師兒傅，這兒邊兒，真的兒有酒店兒啊？沒有兒導錯兒吧？」

出租車師傅被我的問題搞得更為緊張，車雖持續開著，可視線幾乎貼在導航螢幕上，回我說：「導航兒顯示就在這兒附近沒錯兒啊，奇怪，這邊兒哪兒來的兒酒店兒啊？不會是在那邊兒吧？」

原來是前方道路外側，遠遠站了一個人，車在他面前停下來，才發現那個人的身後有一條小黃土路，小路開在茂密的枯樹間，遠遠看過去根本不會察覺。那人看起來是名守衛，他見有車停下，立即屈上前來一探究竟，我則表明來意；他透過對講機呼叫，不久後得到准許放行的指令，示意出租車師傅向內開進去。

「這種地方兒怎麼會有酒店兒呢？」出租車師傅邊開邊自問，不過我想他心裡正在碎念的應該跟我一樣吧——如果有潛台詞翻譯機的話，我想此刻他的意思會是：「這兒就算付錢兒給我，我也不來住。」

隨著車愈開愈深入，道路愈來愈平整，等到車子已經不顛跛時，幾棟像是別墅的建築已近在眼簾。接待人員已在入口等候，並跟出租車師傅說明車已不能再開進去，我隨著接待人員向內走，拐了幾個彎後，看見了酒店園區中庭，下巴差點掉下。

一棟棟別墅建築圍繞在偌大的草皮四周，彷彿像座小鎮，草坪上沒有其他物件，只有一棵棵大樹。其實稱它們為大樹實在不敬，它們可都是千年古木，而近看這些所謂別墅建築，也都是金絲楠木與石磚打造的千年古宅。

正當我納悶著為何在這塊荒地上會有這些歷史建物與古木存在的同時，看見遠方比我早抵達的舞台設計、燈光設計與其他夥伴，讓我稍微放鬆，快步向前打了招呼取暖，一聊之下才發現每個人也都剛經歷過跟我類似的心情轉折，包含來時的車程遭遇也都類似。

所有主創總算到齊，我們被領進了會議室中，首先聽取酒店環境簡報。原來這裡是一位地產富商擁有的土地，他的家鄉因為興建水壩，許多珍貴的千年古宅與古木將面臨滅頂的命運，他心生不捨，於是來到上海購買了這塊土地，並計畫著將它們全都「搬遷」過來。經過多年的努力，拆下每間古宅的一磚一瓦，拆解建築體所有木頭榫接，將其一一編號，運到千里外的上海，再一一組裝還原重建。

這超乎常人想像的過程還不是最讓人瞠目結舌的，因為房屋可以拆解，樹木可不行，必須連根整株挖起；千年古木體積不小，必須出動最大的吊車並安置在最大的貨車上方能運行。

老宅神木原處在偏遠山村中，山村的道路不比城市寬敞，幾乎都是小車才能通行的尺寸，載運著古木的大貨車好幾次在運送途中打滑翻覆，翻覆之後則再次出動吊車救援，這樣的過程反反覆覆十幾次，等到這些古木出了村莊，上了主要幹道通過其他省市時，竟才發現古木的尺寸過大進不了主要隧道。在沒有其他道路能夠繞道的前提下，既然穿不過隧道，索性就將隧道底下的道路往下挖，於是硬生生地挖出一個足夠大貨車與古木通過的高度，最後再將道路復原。而樹木的搬遷並不是另找塊地移植下就能繼續生長，還有土質、空氣等環境因素需要適應，因此當地的土壤也跟隨著這些千年神木一同來到了上海，經過了幾年的適應後，才成為我們眼前的這片風景。

眾人驚呼過後開始到戶外場勘，拍照記錄丈量，望著眼前這片既自然又像加工後的美景，竟找不到可以再為她添加任何設計的地方。未來的演出將會圍繞著最古老的那棵千年古木，舞者以緩慢的、帶著儀式性的步伐走入這片草坪，念誦著感謝天地的詩文。

燈光設計首先提出想法，他認為月光才是最適合這場演出的燈光設計，但說完發現這樣好像失去了身為燈光設計存在的價值，於是補充真要有燈光也應該只是點綴出樹影變化而已，但缺點是會有一條條的電線穿梭在草地上，如何克服這項視覺障礙則變成他要解決的課題。

舞台設計聽完也隨即提出類似想法，畢竟在這塊草坪上搭建什麼樣的舞台都不對，更何況場地限制的緣故，不能在地上挖掘，在難以克服結構問題的狀況下，最後舞台設計決定就在樹上綁一些布幔，讓觀眾感受到風的存在則成為他的設計理念，呼應了燈光設計，有風有影，多麼切題，多麼禪意，多麼高明。

那我呢？投影怎麼辦？總要有人設計投影幕給我吧？我望向以風為主題的舞台設計，他對著我一笑，別開他的目光。

「不然你也可以投在布幕上啊。」以風為主題的舞台設計這麼說。

「可是布幕很細，整個投影量體看起來沒有分量，再加上布幕隨風飄已經夠美了……等等，布幕既然隨風亂飄，我是要怎麼投影啊？」找不到主題的投影設計說。

以風為主題的舞台設計沒有正面回答我的疑惑，趁著假裝跟其他人說話後，像風一樣飄離了。我想像細窄布幕掛在眼前這幾棵大樹上飄曳著，投影在上面時有時無的畫面，我想我才是沒有存在價值的那個人吧！風吹在我身上，我望著不知道要投在哪裡的這片場地，心也開始涼了起來。

於是焦慮伴隨著我接下來的一個月，我每天的功課都是望著場勘時所拍下的照片，看著那塊美麗的空地，看著那些古木，問自己到底要在哪裡投影？離演出時間愈來愈近，製作方不斷催促我提交投影機機型、數量，與擺放的位置，他們也需要詢價、租借，並提早安排進場細節，我只好硬著頭皮報了出去，心裡卻一點把握都沒有。

報出去之後就再也睡不著了，心裡對於效果有滿滿的懷疑，深怕用了那麼多機器，現場如果什麼都看不到要怎麼交代？我再度對自己充滿懷疑，痛恨自己能力跟才華有限，痛恨能力跟才華有限的我為什麼偏偏要從事創作這個行業？

心裡又浮出改行賣麵線的念頭，這是每當我極度焦慮時都會興起的念頭，畢竟賣麵線這回事只要顧好一種口味，並專心經營就可以了，不需要像做設計，每次都得變出一桌全新菜色。各種江郎才盡的負面情緒湧上，人生第一次覺得自己要砸鍋，看來我無法優雅下台了，我的事業竟然是在無計可施的窘態下要被迫中斷。

時間過得很快，一晃眼又再度來到虹橋機場。出發前兩天幾乎沒睡，辦公室員工也被我搞到神經衰弱，看著我成天在辦公室裡因為焦躁而鬼叫。我其實也很想在他們面前展現氣定神閒的姿態，處變不驚地面對設計，我也很想信手捻來地做出人人驚訝的創作，但這次真的要砸鍋了，我只好備著所有料，帶著電腦打算到現場炒看看能變出什麼菜。

我們一行人下午四點左右抵達酒店，一到就看見以風為主題的舞台設計悠悠地在樹旁喝咖啡，樹上已經綁好布幔，聽說總共只花了一個多小時的時間，他的設計已經完工了。而以樹影為主題的燈光設計也已經架好燈光位置，靜候天黑後開始他的設計。兩人看起來是如此悠然自得，反觀我與三位助理，各自帶著自己的桌上型電腦，茫然望著這片草坪，就在那一刻我心想，事到如今也顧不了那麼多了，只能把一開始被自己推翻的想法拿出來解圍。

在短暫了解現場狀況後，我們在金絲楠木的桌上組裝電腦，等待天色變暗時先打開一台台投影機，重新調整每台機器的位置，將光線投射在每棵樹上，確認每棵古木都有投影照顧到後，開始進行瘋狂的「描樹」。

我們一人各帶著一台筆電，一人負責幾棵樹，將每棵樹的每根樹枝描下，當然也包含樹幹，一直工作到天亮看不見投影為止。當天下午表演團隊就要進來走位彩排，晚上則要完整走一次演出流程，我們所有人在天亮後繼續回到那張昂貴的金絲楠木工作桌上，開始針對通宵描下的古木進行新的設計，但在沒有被投出來確認的狀態下，一切都只是未知。

熬到近中午，強大的睡意襲擊著團隊，以風為主題的舞台設計睡飽來到現場，過來關切後，又飄走了，我們所有人頭跟臉跟身體都是油的，稍微不注意就會睡著，只好跟酒店要求能否讓我們洗澡？酒店人員幫我們開了一間員工休息房，年輕助理讓我先去，接近零度的天氣，我脫光衣服打開水龍頭，發抖等待了五分鐘。五分鐘後確認不會有熱水，這是一個讓人猶豫的關口，我再度猶豫了幾分鐘，偶爾接一點水潑至身上，隨即鬼叫起來，最後，直接將冷水沖至全身，跟這次的課題一樣，花了很長時間猶豫痛苦，但沖下去就沒事了。

夜晚再度來臨，我們將新做好的設計投影出來，看到光影流動在每根枝葉上的那一刻，過去時間所有的掙扎痛苦隨即放下。第一次的想法往往都是好的，是我們自己嚇了自己，而且嚇了那麼久。我不知道下次再次遇到類似的難題時，會不會更有智慧面對處理，但我想起接近零度沖下冷水的那一刻，很多時候問題其實沒有我想的那麼難。

他的比較好

又來到蟬鳴的季節，我走在廣場上，完全沒有遮蔽物，手上的行動電風扇已經開至最強速，它吃力地將熱風吸入再吐到我臉上，一邊發出陣陣哀鳴，但該做的工作還是要做，身為電風扇就要用力轉，撒嬌也無濟於事。我這麼告訴它，也同時告訴著自己，雖然百般不願地在這個時間踏進這個廣場，高溫曝曬其實不是我想逃避的主因，是接下來要在這裡開的會讓我裹足不前的，但工作就是工作，不要撒嬌了，我不斷跟自己與電風扇這麼說。

陽光直射在白色的地磚上，亮到讓人眼睛都睜不開，遠方視線因為熱流產生扭曲變形，聽說這也是種海市蜃樓現象，每次看到我總覺得有點像在等待炸油條時看到的畫面，那，此刻的我與遠方的人不都身處油鍋當中嗎？我難道一直身處地獄中，接受著設計做不出來的煎熬之刑嗎？眼前所見到底是真是假？還是我根本就像「駭客任務」電影裡一樣，一直都只是虛擬的存在呢？想到這不免開心起來，既然那些做不好的設計與想不通的道理都是假的，好像也不需要太執著了對吧？佛祖真的存在嗎？我現在是我的第幾世輪迴呢？我想我真的快要熱暈了。

會想著這些人生如夢幻泡影的問題，倒也不是我佛緣深厚的緣故，比較大的關聯應該是跟接下來要碰的人與開的會有關。

每年夏天，在鬼月的時候，這個佛教團體都會在這個廣場上舉辦祈福活動。當然他們不稱鬼月，鬼月是我這種凡夫俗子稱呼的，他們稱之為吉祥月。跟其他佛教團體嚴肅的法會比較起來，他們的吉祥月的活動其實還挺豐富精彩的；與天祈福當然不可少，也有萬人編排的整齊隊伍，唱念著佛陀經典故事等，而此次更加入了以佛教故事改編的戲劇演出，為莊嚴的現場氣氛增添一分趣味，也讓民眾更容易貼近。

一如往常習慣，我比會議時間提早許多，這樣的習慣是老師教會三流了。記得某次與他的會議，我匆匆趕到，雖然沒有遲到，但是到了會議現場還需要許多準備工作才能開始，一邊感受眾人注視的眼光一邊開啟檔案十分緊張，然後竟然發現少帶了一個檔案，頓時冷汗直冒滿身大汗起來，整個人顯得無比慌亂，眼神閃躲。

正想著到底該大膽承認還是全力隱瞞時，老師開罵了，倒也不是因為讓他等待，畢竟離約定的會議時間還有幾分鐘，但一切都被他看穿了，他竟然直接詢問那個被我遺忘的檔案，我也被逼得只好低頭承認。事後我送他回家的路上，他跟我說：

「你知道我為什麼會知道你犯錯了嗎？那是因為你準備好跟沒準備好完全是兩種態度。你如果準備好了，會散發一種光芒，那個叫自信；沒有準備好時，眼光就會閃躲，像隻老鼠。要發出光芒需要花很多很多時間準備，而像隻老鼠則是花很多時間去欺騙去掩蓋去逃避，人就會像隻老鼠了。所以我希望你可以讓自己發出光芒，不要像隻老鼠好嗎？」三流因此知道沒有人是天生優雅的，優雅是需要付出努力才有的。

但是頭上頂著那麼大的太陽實在很難優雅起來，只能躲在比我瘦的旗竿陰影底下，盡全力讓自己少曬一點太陽。這樣的畫面還真是滑稽，離優雅著實還有著一大段距離。

離會議時間還有將近二十分鐘，我難掩心中焦慮，原因是今年的佛法戲劇演繹由A跟B兩大表演團體負責演出，A演一天，B演一天，然後，A再演一天，B再演最後一天。因為這兩個團隊都屬於同樣的戲種，雙方藝術總監都是名角，平常各自發表自己劇團的公開售票演出，原本就很少有同台的機會。雖然各自有各自的發展，各自有各自的粉絲與特色，但是像這樣同時被邀請至相同的舞台上演出，也很難不被放在同一面放大鏡下來比較。

這過程充滿著學問，就如同第一天演出的雖然看似搶得頭香，但另一方卻成了壓軸，不管什麼樣的順序與安排，都有其利弊之處，不太可能同時得到魚與熊掌，一切都需要仰賴高度的智慧處理，否則稍一不慎都有可能壞了這樁好事。

同樣的事也發生在劇本選擇上面，因為兩套劇本皆由主辦單位提供，如果雙方都選了同一套劇本時，那又該怎麼處理呢？甚至會議時間的安排也是，雖然雙方即將在同一個舞台上演出，但這就如同一個優秀的婚禮顧問不會將兩組同樣場地結婚的新人安排在一起討論一樣，新人都應該覺得自己是獨一無二的，不應該是旅遊團的概念，而對於這些專注在自己的藝術一輩子的角來說，面對自己的演出更是無法隨意便宜行事，不是嗎？

讓我那麼焦慮的原因，是因為我同時負責A與B的演出，而且是A與B同時找我的。我並不是貪心而同時承接，主要還是雙方都待我不薄，都充分信任我的緣故。人是很容易被取代的，願意重視三流、覺得他好的業主真的要懂得珍惜，畢竟有這樣的關係才有機會成就好的作品，至少我從來沒有遇過溝通衝突不斷而做好作品的機會，因此我心裡非常珍惜與他們的互信關係。

但如果硬要區分我與A與B各自關係的話，說沒有私心是騙人的。B團是我初入這個業界時首次給予我設計機會的，我心中一直惦記著這份知遇的恩情，在我們往後近十年的合作中，信任感更是逐年加深，過程中跟著劇團與團長學習，我自認獲得的比付出還要多，彼此建立如同家人的關係，在我心中自然有個難以被撼動的位置。

而A團則是在我進入業界一段時間，逐漸曝光後才認識的，不像B團在工作外依舊保持著交往，關係也比較像業主，但依舊十分信任與禮遇，也給予我許多機會，團長自身的專業造詣也是我所敬重的。或許體諒我也是開公司接案維生的緣故，其實雙方雖然都知道我同時幫對方設計這件事，但也從未跟我抱怨過，可是畢竟身處同樣劇種的競合，再加上雙方都比主僱關係有著更為深入的個人情感，所以時常讓我有所顧慮。

下午兩點鐘，太陽正大的時候，主辦單位的人到了，今天的會議內容是兩點時先與A團隊共同場勘，討論演出細節，然後三點鐘時再與B團隊進行相同的過程。大夥一邊抱怨著溫度，一邊想像著未來主舞台要架設的位置。

五分鐘後，A團隊與團長來了，他們一行約莫十人上下，從遠方扭曲的熱浪中緩緩走近，在廣場中捲起另一股氣勢。寒暄過後隨即進入細節，A團長在預設的範圍中來回走動，想像著自己的腳步、距離，以及未來台下塞滿上萬人時的氣氛。眾人對著彼此說話時都因為太熱太亮而瞇著眼，形成一個有趣的畫面。

我一手拿著快要陣亡的電風扇，一手遮在額頭擋太陽，突然感受到一股不太對勁的味道。不知為何，我突然在意遠方一個人的身影，他正緩緩朝主舞台走近。廣場上的人不算少，也都扭曲變形著，照道理我不會注意到他的，但畢竟太熟悉了，以致於雖然距離遙遠，但依舊知道是那位心裡熟悉的人，B團長竟然也來了！

不是說好三點鐘的嗎？現在不過兩點十分而已，他怎麼也出現了？忘了是他記錯時間還是主辦單位的失誤，這已經不重要了，只見他一個人隻身前來，身邊沒有任何人陪伴，我感到無比尷尬。或許是自己心虛造成的吧，實在很不想被他看見我也正在「服務」著他人的樣貌，只想找個洞躲進去。A團長看到他其實也難掩一絲尷尬，主辦單位也略略露出驚訝的表情，不過A團長還是禮貌性地點了個頭，倒是這位神經大條的B團長像是沒事似的，跟大家打了聲招呼就參與了討論起來，頓時舒緩了一點緊繃的現場氣氛，也因為他的提早抵達讓我們少曬了一點太陽。

不久後廣場很快地搭建了舞台，各組人員進駐參與排練，技術人員的衣服濕了又乾、乾了又濕，演出人員更為辛苦，烈日下要頂著妝髮、穿著厚重戲服。碩大的LED牆做為主舞台背景，是我為演出設計畫面的去處。兩個團隊演出的劇本我早拿到手，皆為佛教經典，不同的是，一齣偏文、另一齣偏武。偏文的意思是熱鬧場面較少，不像偏武的那齣有諸多武打身段，比較「鬧熱」。不過偏文的這齣主角是位德高望重的法師，透過他的描述構成整齣戲的骨架，法師必須貫串全場，戲份多，但是辛苦，雖然曝光機會多，但吃力不討好。偏武的那齣主角則設定為年紀較輕的女性角色，對於飾演男生居多的兩位團長而言，其實有些尷尬。選取劇本的過程我沒有介入，最後只知道A團是法師為主角的文戲，由團長擔任主角，劇本場景設定多為室內，負責第一場的開場演出。而B團則是年輕女性為主角的武戲，B團團長則在戲中擔任一位重要的配角，戲份雖不多，但是極為重要，要帶領著這位年輕女性主角穿梭不同地獄解救母親，負責演出第二場與最後一場的壓軸。

首演當天，我帶著演出電腦進到導播車裡，所有演出都是透過這裡轉播至主辦單位於全世界的電視頻道，光是想到除了台下上萬人觀看之外，還有數十萬或數百萬雙眼睛也同時盯著看，不免讓人有些腿軟。導播車裡一個蘿蔔一個坑地沒有多餘的座位，充滿高端且昂貴的器材；器材比人更需要吹冷氣，所以車裡是意外清涼的，因此外面雖然是讓人難耐的高溫，在裡面卻得穿著外套才擋得住寒意，形成強烈的對比。

這幾年下來，我進出過數次不同單位的導播車，也跟過好幾位不同的導播工作，看他們工作已經儼然成為我工作中的樂趣之一，因為他們有一項共通的特點，就是平常開會時各個都個性溫和、待人和藹，但是當他們工作起來時每個都會「變身」，而且像乩童被神明附身那般地完全變成另一個人，看著他們變身的過程就是我最大的樂趣。為何這麼說呢？因為導播的工作就是透過現場不同角度的攝影機選取畫面，觀眾透過導播的敘事邏輯觀賞節目，導播決定了一齣節目的味道，更是觀眾的眼睛。

他們的工作必須做很多功課，例如以音樂性節目來說，他們必須在彩排時記下所有畫面，這一秒是主唱，下一秒有個樂器的獨奏，什麼時候是合奏，再來會有個另外的樂器等。

導播身旁會有一位很厲害的讀譜人員，手持碼表，精準地跟導播播報所有接下來會發生的事。當錄到舞蹈演出的時候，雖然少了樂器樂譜的依據，但這也難不倒他們，他們切換畫面的方式則改為：五秒後有女舞者從右舞台出，四、三、二、一，女舞者出，然後接下來她會轉身，三、二、一，女舞者轉身，然後四秒後男舞者左上舞台出，三、二、一，男舞者出。我經常在導播車裡目瞪口呆看著聽著，驚訝於他們的準確，彷彿表演是聽從他們的指令在進行著。

導播就是這樣透過一個又一個畫面的選擇與組合呈現一場演出，這些選擇都是即時的，他必須在當下透過操控不同攝影機的攝影師之間的指令與默契，一下一號機，一下二號機，同時一號機轉變角度等待切換，然後三號機拍一下誰特寫或手的局部，再切換回換好角度的一號機，反覆來回這樣的決定、選擇，現場壓力實在不小。如果一場演出是由上百或上千個鏡頭組成的，那導播們就得在演出中感受上百或上千次「當下」，而每一次的當下都隱含著無數個關於美學、構圖、節奏、呼吸等決定，也因此，再溫馴的人，到了這種時候都會「變身」。

這讓我想起我曾遇過一位台視非常非常資深的導播，年過六十，開會時油頭梳得整齊服貼，POLO衫領子豎起，十足飛行軍官模樣。沒想到錄影時，因為現場聲音被訊號干擾不斷發出微微噪音，他在導播機前不斷自言自語發出哀鳴說：「哎呀～～～我完蛋啦～～～～我完蛋啦～～～」這樣的哀鳴持續了兩個半小時，一旁跟他長期工作的人早已見怪不怪，各自按照自己的步調忙碌，任由他一人持續哀嚎。結束後又見他跟沒事似的，墨鏡戴起，帥氣挺拔跟大夥握手離開。

這麼多導播中，照堂老師算是唯一一個沒有經歷「變身」階段的，我不知道是因為道行太深的緣故，還是他的個人特質就是那樣的關係，幾次躲在他後面看他幫雲門錄影，他總是一派輕鬆地，用非常小的音量說：「來，one給你喔，好

one，那個two，你等一下潘（pan）一下喔，來，two給你……」整個過程舒服流暢，沒有任何急躁與髒話，現場幾乎感受不到壓力，不過卻有點像是飛行中，坐在機艙裡，因為太過平穩導致乘客以為沒發生任何事，但往窗外一看其實飛機底下正經過朵朵閃電烏雲穩定飛行的感覺。偶有所謂的亂流，就是當老林老師也站在後面觀看的時候。為了不打擾這麼即時的工作，老師通常都是站在導播後面觀看，好幾次見他欲言又止，手想要伸出去指點或阻止但又收回，最後終於還是忍不住，等報幕人員說：「等等五秒一群女舞者從左舞台出，四、三……」的時候，他才急著插話說：「那些女生不是重點，重點是台上這個男生會跳起來！」飛機因此產生亂流，照堂老師臨時改變攝影機，然後默默回頭看了他一眼，我猜想他心裡是不是「變身」了兩秒呢？

主辦單位的導播車裡不像照堂老師的現場安靜，這裡是「生氣勃勃」的。我在那次演出認識這位導播，在那次錄影後見到他時我都直接稱他為「大魔王」，可見他應該是其中變身後反差最大、等級最高、爆發力最強的一位。

大魔王變身前就是位和藹可親的大哥，一頭白短髮，戴個眼鏡，外表斯文，工作時因為穿上主辦單位制服，更讓人想要叫他聲師兄。師兄上了車後變身速度很快，不太需要念咒或服用什麼藥丸，只要坐下導播的位置，立刻變身。

「髒東西！走開！」他在跟擋著鏡頭卻聽不見他聲音的民眾溝通。

「媽的！我不是要拍你，你閃旁邊一點好不好！」嗯，我想他是在跟一樣聽不到他說話，不小心走錯位置擋住他要拍攝的畫面的演員討論走位問題。

「你到底想要擋我幾次？聽不懂人話嗎？」那個，剛剛擋住他的演員誤會他的意思了，又跑來擋他鏡頭，雖然一樣聽不到他說的話。

我在一旁，不知為何，沒有任何畏懼，反而覺得非常開心，這就是所謂的反差萌嗎？看著眼前這位穿著師兄裝的大叔變身，我整個人興奮到不行，所以在那次錄影後直接跟他說：「我以後見到你要叫你大魔王！」

首演場就在大魔王的運籌帷幄中結束了，演出順利，台下上萬師兄師姐觀眾感動滿滿，A團隊成功演繹了法師教化人心的故事，劇本雖有點沉悶，多數時間都是傳道，但在這樣戶外的演出環境，不比室內劇場的演出設備的情況下，再加上A團長優美的聲音，一切都還算圓滿。

演出結束後我到臨時以帳篷搭建的後台致意，感謝團隊信任。帳篷內一團混亂，雖然架設著活動冷氣，但依舊悶熱，團員忙著換衣服卸妝，團隊執行長滿意地對著我比了一個大拇指，讓所有辛苦過程更加圓滿。

隔天是一樣的行程，不同的是今天是B團隊的演出。如同先前提過的，B團長擔任戲份不多的重要配角，讓劇團後輩挑起戲中大樑，這對他與後輩來說其實都是個挑戰。下午則跟昨天A團隊一樣，頂著烈日走位練習，短暫排練後，團員們至悶熱的帳篷內化妝、換衣、用餐，等待晚上的演出。

晚餐過後我再度上了大魔王的車，一切都跟昨天一樣，大魔王變身，演出順利圓滿結束，大魔王變回師兄，我到後台致意等。有時候短時間內重複著相同的事情，這樣的生活讓我錯亂，不過在寫這篇文的當下，世界正處於武漢疫情階段，我已經三個月沒有踏入過熟悉的劇場了，只能藉由這些回憶回味，想想能進劇場的生活還是最讓人懷念的。

跟B團長打完招呼準備回家之際，我接到了A團執行長的電話，電話接起後，他在電話裡說：「我剛剛也去看了B團的演出，我是覺得啊……那個啊……」

電話裡的他說話吞吐，讓我有些緊張，我自認處事謹慎，但心裡不免快速檢閱我有沒有什麼地方犯了什麼錯？

「那個啊……我覺得你怎麼幫B團做的比較好？」

這句突如其來的指控讓我感到錯愕，有超乎我的想像。雖然在情感上我是有私心的，但在專業上並不會因為這點私心就刻意搞砸自己的作品。我有些生氣，但最後還是捺著性子解釋兩邊的劇本一文一武，原本就牽動著觀眾情緒，我們做設計也是秉持著戲的氣質，並不會因為喜歡誰多一點就努力多一點。不過我想他並沒有太仔細聽，最後還是禮貌性表示原來是這樣後掛上電話。

散場的民眾從我身旁陸續走過，討論著剛剛層層地獄的精彩場景，我望著天上明月，點起了菸，有苦說不出。

安平追想曲

某陣子我還在高雄教書，也因為入行一陣子了，工作量很大。每週的行程往往是在工作室工作整個週末，每天中午開始到凌晨，週日，應該說週一凌晨兩三點回家，整理行李，小睡片刻後，搭第一班高鐵南下高雄，接著轉搭一個小時客運來到旗山，再轉計程車上山。上了一整天的課之後，下午四點下課，有時候坐校車，有時候則搭恒正學長的車回到高雄市區，回到租屋處後，打開電腦繼續工作。週二一樣一整天的課，下課回租屋處趕工，直到週三中午最後一堂課下課，直奔高鐵站回臺北，有時候提著行李進劇場，有時候提著行李回工作室，直到週一凌晨，再次循環著相同的生活。那時候身邊是沒有助理的，一年約莫四十個設計案，連現在的我都感到不可思議。或許因為還年輕，雖然很忙卻不感到累，也因此練就了在行進間，或片段式的做設計方式，這種方式有時候反而能提供不斷重新檢視作品的機會。所以，「安平追想曲」就是在這樣的時空背景下開始製作的，也要感謝編導友輝老師創造了這次演出。

友輝老師是大學教我們劇本導讀的老師，授課方式十分嚴厲，同學上他的課個個皮都繃得很緊。以前北藝大是沒有上下課鐘聲的，因此上他的課時一切以他手錶上的時間為準。友輝老師總是提早到教室準備，不時看看他的手錶，只要上課時間一到，不管教室內有多少人，他就直接鎖門，開始點名，點名三次不到，這堂課就被當，就算有人剛好點名時抵達教室敲門，他也不會開，只會跟教室外的同學說，你們遲到了，下禮拜請準時。因為劇本導讀是必修課，非上不可，因此有吃過一次閉門羹經驗後，再也沒有人敢遲到，乖乖地提早到教室內等候上課。他點完名後教室通常是一陣沉默的、微微的肅殺之氣，緊接著他先詢問起關於劇本裡的種種問題要同學回答，每個人眼光開始閃躲，他的眼神也開始掃射，總能抓出最沒有準備好，或最沒有把握的那一個。總之，光回想起手心就冒汗，即便已經畢業多年，因此連某天突然接到他電話，一聽到是他時，我還是緊張地微微顫抖，立正站在路邊跟老師說話。

電話中老師提到正在幫來自臺南的秀琴歌劇團編導一齣戲，因為當時對於這個歌仔戲團不是非常認識，心裡其實還存著些許懷疑，不過想到能夠跟老師一起工作，我還是立刻就答應了。

後來我才知道，一個劇團要能申請進國家劇院演出其實是需要層層經歷累積的，就像秀琴這樣的團隊，他們長年是以外台戲為主，也就是我們現在在廟會中還能看見的戶外搭台演出形式；令人驚訝與敬佩的是，他們一年演出一百六十場以上野台民戲，由團長也就是秀琴本人開著大卡車，裝載所有家當，一個城市一個城市移動，每到一個新的演出場地，開始架設臨時舞台與後台，供演員演出以及所有的演出前準備工作使用，演出結束後再拆台，裝在大卡車中，繼續前往下一個城市與演出地點。這樣的行程一年演出一百六十幾場，幾乎可以說整年都在裝台、演出、拆台、移動的循環中度過，幾乎以這台大卡車為家了。而即便演出經驗已經如此豐富驚人，卻因為「缺少」室內劇場演出經驗，所以在申請文化中心演出時，往往遭到評審委員質疑，更不用說要進到國家劇院演出了，友輝老師就是懷抱著要將秀琴歌劇團帶入國家劇院演出的夢而持續跟他們合作的。

當初聽聞老師這麼說時，心中不免也跟著激動起來，我甚至想起了電影「少林足球」片段，一群不被看好的高手，最後進到盛大的決賽場地的感動畫面。友輝老師持續擔任藝術總監職務，從劇本與導演細心帶領劇團，參與輔助計畫，從小劇場開始做起，而「安平追想曲」則是這長期計畫的終點，終於進入大型文化中心演出，隔年則要走上夢想中的國家劇院舞台。

在這樣的情感號召下，所有主創人員包含舞台設計哲龍、燈光設計阿芸、服裝設計恒正學長、音樂設計以謙老師，以及舞台監督諾爺，無一不是卯足全力參與這齣製作，從此我的忙碌行程中偶爾會加入臺南這個地點，週三下課後不用直奔臺北，而是提著行李來到臺南，參與會議討論，享用臺南美食。

那是一段非常放鬆的時光，我從小喜歡廟會活動，喜歡廟會時的露天電影，也喜歡盯著戶外野台的布袋戲或歌仔戲，最讓人好奇的大概就是後台生態吧！比起台前，我更喜愛跑到台後觀看，不管是布袋戲操偶師傅的忙碌動作，或歌仔戲演員化妝抽菸的模樣，都讓我心生嚮往，就連觀看露天電影時，我都喜歡躲在無人的布幕後觀賞，只要多費點心力解讀顛倒的畫面，就能享受獨自一人包場的感覺，而透過布幕偶爾隱約可以看見正面觀眾的身影以及放映機的光源，跟我現在工作時透過紗看到的景象是十分類似的。因為喜歡這樣的生活，所以下課後跑到臺南找老師，也假裝自己是戲班子弟，十足像劇中的少爺想要放棄安逸生活跟著戲班南征北討的模樣。

哲龍當時提出了四塊可自由移動的投影景片，以及一道半弧造型背投幕的想法，很快地被老師接受。那時候經驗還不是很充足的我，幾次回到臺北工作室時，望著空白的舞台想像畫面，連該寫實或寫意都還沒有任何想法，心裡常常會擔心導演，總是害怕舞台上的影像太實而刻意抽象，但卻因此少了一份視覺上的滿足。

我除了繼續我的臺北高雄循環以外，所有生活中的隙縫都放在這個設計的猶豫上，眼看著時間不斷消逝，焦慮感也不斷升高起來。因為跟林懷民老師學習的關係，我也不太信奉靈感這回事，畢竟實際創作後也知道，創作不會在風和日麗的戶外咖啡店突然像燈泡亮起那樣產生，而是透過一次又一次的嘗試才能看見雛形，至少我是那樣的。實際投入創作領域後的生活跟大學時期對於藝術家的想像是截然不同的，很多時候創作更是在無人看見的情況下，以非常狼狽的方式產出，如同這齣「安平追想曲」一樣，在累積了幾個月的焦慮後，到了做夢都夢到設計做不出來的時候，竟是在某次週日夜晚，毀掉全部不堪入目的髒東西後，突然試出來的，而這一試又重新點燃希望，讓人忘了時間，等到做出點滿意的畫面後，天已經微亮，差點連回家收行李下高雄的時間都沒有。

那是一次難忘的經驗，凌晨時分，盯著在電腦上的畫面自己陶醉，回想起過去幾個小時竟不知道怎麼經過的，無論如何努力就是想不起整個過程，彷彿被抽離出這個世界，醒來已經完成了。至於眼前這些畫面到底是怎麼製作出來的，我其實到現在也無法解釋，只能說全心投入到了某種類似被附身的狀態，抽離以後竟然連想要自己複製都找不到路徑。望著眼前美麗的畫面，我巴不得能夠立刻進劇場將它們投射出來，但也因為經驗不足，又害怕如果真投出來不如想像中美好怎麼辦？也時常是如此的，在螢幕上覺得一切都很美好，到了現場才發現效果不佳，抽掉不理想的畫面後，才發現因為過去對它們充滿了正面的想像，突然間頓失方向，而時間也所剩無幾了，壓力也隨即湧上。

但「安平追想曲」不太一樣，等待進劇場的過程忐忑歸忐忑，但一直感覺會是對的，而且愈來愈篤定。以往總是期待劇場週能夠再晚一點到來，但參與「安平追想曲」的時候總是想要趕快進劇場。直到終於進了劇場，因為還要上課的關係，我只能先將製作好的大檔案交給影像執行，讓他先去劇場測試，每天透過電話詢問進度。我不斷問他效果好嗎？感覺像買水果時詢問老闆甜不甜那樣，他也像是水果店老闆，總是跟我說還不錯喔；幾次他像水果店老闆提供試吃那樣說要拍照給我看，但都被我拒絕。近鄉情怯，我好害怕不如預期，那個凌晨夜晚，在幾近神遊狀態下做出來的作品，如果沒有想像中美好的話，我就真的沒招了，沒招了。但水果真的甜喔？畫面真的好看喔？我還是不死心地在電話中神經質地想要確認什麼。

週三中午下課後，我騎上摩托車以最快的速度飆到左營站，搭了一站高鐵到臺南，再輾轉接駁公車到文化中心，過程中不斷想著如果效果不好該怎麼辦？但想不出來，我真的沒招了。踏進文化中心，遠方傳來舞台上測試的聲音，我提著行李走進觀眾席，路上遇到不少熟識的工作人員，他們都問我怎麼不把行李放下再來，但我的心臟快要跳出來了，我只想直奔控台，我只想看看這個投影，眼見為憑。

控台沒有人，影像執行正在舞台上請舞台組將景片移動到新的位置。台上景片還是空白的沒有投影，這個狀態下有點醜陋，我想起了好幾次因為投影機亮度不足，現場燈光也還沒有調整完成，投出來就是像現在看到這個樣子，背已經開始冒汗，我對著台上大喊著：「修嗃，我來了！你現在有投影嗎？」這句話連我自己都覺得有點好笑，我轉頭看看投影機並沒有發出亮光，心裡才稍微覺得放心，心想這是我第一次用二萬流明的機器，再怎麼樣都會比以前好才對吧？修皜了解我愛焦慮的個性，急忙回到控台，燈光設計阿芸聽到我剛剛的吶喊知道我來了，回頭用她甜美的笑容跟我說她看了投影覺得比她想像中好。我其實都是不太相信任何人跟我這麼說的，畢竟每個人對於效果好不好是主觀的，我也不只一次聽別人說效果不錯後而感到失望的，聽她這麼一說又讓我緊張起來，直催促著影像執行把畫面投出來。舞台組此時也從台上呼喊回應景片到位了，可以測試投影，阿芸索性把現場燈光都關掉，然後修皜按下電腦按鍵，我們身後投影機發出亮光，我看著眼前景象，久久不能說話，效果比我自已想的要好，而且非常好。大概看了一分鐘左右吧？整個劇場好安靜，應該是我的耳朵將所有聲音關閉了，我盯著台上的畫面，這時候才有了笑容，修皜才跟阿芸說：「這個人應該是滿意了。」

接下來幾天，在首演前，是劇場生涯中最讓我感到開心放鬆的劇場週，因為劇本好，演員好，導演好，設計好的情況下，在一切都好的基礎下，時間因此充裕，每個部門的夥伴彼此都有餘力每天讓這個作品再好一點點，甚至主動配合對方，放飯時間充滿歡樂，笑話連連，排練時好幾次也因為感動而一邊流淚一邊工作，綜合了所有天時地利人和條件，我們做了一齣好戲，那份美好從此烙印在我們心中，直到現在都無法忘記。

隔年，這齣作品終於走進國家劇院，友輝老師帶著劇團走了好長一段路才抵達這裡，努力了好久才讓秀琴的大卡車開了進來，停在三號門旁的停車場上，團員們第一次踏上劇院舞台，紛紛拿起相機拍照，不時發出讚嘆聲。我多久沒那麼開心了呢？我問我自己，因此才記起我第一次進國家劇院的心情，以及好多好多差一點被我遺忘的第一次。

印度

我最害怕的事終究還是發生了，精準的莫非定律。

從我開始跟林懷民老師工作，算一算也將近二十年了。這不算短的日子裡，雖然不是天天月月相處，只有製作期間會遇到他，但帶給我的也已經足夠了。我雖然資質駑鈍，隸屬三流等級，但我最大的優點就是還算有毅力，我也經常跟身邊的朋友說，我跟老師工作做得最好的地方應該就是我死咬著他不放。

其實好幾次跟他開完會後，在回家經過關渡大橋時，我是想用力打死我的方向盤的。一個真的知道自己不夠好的人，死命想抓住一個智者、一個自己從小打定主意想追隨的目標，然後覺得自己資質不夠，在要跟上沒跟上的邊緣，最後總是勉強過關，卻達不到更高的設定，不只自己沮喪，我想他應該也是沮喪的吧。

這一切的苦是說不盡的，我在說的都不是什麼交通往返的，或工作到多晚的，或錢太少的苦等等，而是追求藝術的，希望自己達到某種層次境界的，最後才知道自己天花板有多低的那種。想像費盡了一切力氣，以天生虛弱強度不足的身體努力跟著這個要攀登聖母峰的登山團隊隊伍一路跌跌撞撞，偶爾在一旁停歇，全身顫抖快要不能呼吸的當下，那種狼狽更為貼近我想說卻說不盡的苦。唯一的優勢就是我還活著，即便心跳已經嚴重超過，呼吸早已無法順暢調節，心想就走到倒下為止吧，那也是一種浪漫不是？另一種苦是你明白你有多狼狽，可身邊的人都為你鼓掌，以為你很棒你很厲害，畢竟你是雲門的設計，十足的冒牌症候群。更多的苦是，還有以為你得到的都是不費力氣的，每天希望你從路途上摔落的，不過年過四十後，我大致明瞭了些什麼，希望有天我也能看見你們啟程，我真心希望我們能成為一起登山的山友。

我最害怕的事最終還是發生了，老師把我丟在了路上。而且是在一次偶然的談話中，從一個完全不相干的人口中，以一種詢問八卦的方式知道這個消息的。

「老師這次怎麼沒有找你？雲門的影像不都是你在幫他的嗎？」

我腦中快速閃過從畢業典禮游泳池開始到那個時候的許多畫面，心想這天終於來了，但跟我想的情況完全不一樣，我以為是在他的桌前，兩人點著菸，他跟我說他希望我休息一下或編造個其他理由都好，而不是從一個探人八卦的人口中獲知。我不知道這對所有設計來說是不是也是讓人難過的訊息，但至少對我而言是，畢竟老師對我而言如同供桌上的佛一樣，而我被佛放棄了。

接下來的幾個月應該是我人生最痛苦的時間，雲二的新製作「十三聲」剛剛開始討論，我還是不時得到雲門，但我完全不想踏進雲門半步。偶爾遇到認識很久的行政或舞者們，他們還狀況外地詢問著老師新作的狀況，我也只能苦笑說我不清楚，然後藉故離開，完全不想遇到任何人。

好幾次在雲門，遠遠看見老師，我好想直衝過去問他為什麼不跟我說這個決定？是我哪裡不夠好嗎？還是我哪裡做錯了？最後我還是沒有勇氣，只能轉身躲開。有一次竟然是在國家劇院遇到，我依舊壓抑著心裡千萬個問號，但最後只化為一句老師好而已。那是我人生中最最黑暗且痛苦的時期。

跟我熟識的資深行政，聽我說了之後，反而覺得這或許對我是件好事，對老師也是，他甚至覺得這樣的時刻是參加流浪者計畫最好的時機。如果看過前面一篇關於成功嶺上下鋪的故事，你應該會明白三流其實總覺得上輩子應該出身於富豪家庭，否則這輩子一顆少爺的心也不知從何而來。這是在跟少爺開什麼玩笑？少爺怎麼可能忍受這種生活？於是我不死心地問他：「那我可以申請去京都嗎？我只想在那邊煮飯生活三個月。」我想他當下應該想把我從三樓推下。

然而就在他往我心裡丟下這顆石頭後，流浪這件事已在我心裡，從緩緩漣漪逐漸化為波濤巨浪。

在截止日前，我心想反正不一定會過，還是申請看看好了，而且面試時還可以故意不積極配合啊，如果真的過了，簽約前也可以反悔啊，總之替自己設下了千百條退路，即便我心裡是那麼期待著的。面試時我也真的再度展現雙魚座的矛盾，以一種積極的態度爭取機會，講得好像我非去印度不可似的，然後面試結束後瞬間後悔起來。說穿了，我還是不夠清楚自己要什麼，不要什麼。

「什麼時候去印度？準備好了嗎？」

通過面試，公布後，出發前，幾乎每個遇見我的朋友都有著相同的開場白，這句問候伴隨著我一年多的時間，也讓我每天在焦慮中度過。倒不是怕印度的髒亂，而是害怕著要去面對自己這件事。早已習慣異常忙碌的規律，要按下暫停鍵讓我感到一股莫名的焦慮。我拖了非常久的時間才真正出發，多數時間是在後悔與擔心害怕，最困難的是工作已經滿檔，根本無法說走就走，可是因為逃避的關係，新的工作進來還是沒有拒絕，彷彿可以用這個原因再拖延一下出發的時間。

流浪者學長A說：「你如果沒有留下眼淚，就表示還不到回來的時候！」

接著B說：「你如果沒經歷過印度的火車，就表示你沒去過印度！」

然後C說：「你不要管衛生，就亂吃亂喝，然後你會拉一週，拉出黑黑的水，然後你就百毒不侵了！」

最後是D擔憂地提醒我：「你可要千萬當心飲水，去印度沒有不拉肚子的！像C當初去的時候不知道帶了多少藥呢！」

離出發時間愈近，愈來愈多前輩提醒我，每個人像是當兵後的男人聚會時的樣子，彷彿每個人都經驗豐富身經百戰，個個講得一派輕鬆似的，弄得我竟然開始擔心，擔心自己流不下那滴眼淚、擔心火車沒誤點、擔心自己沒有拉肚子，好像不經歷這一切我就浪費了這段旅程似的。那段讓我焦慮的日子，我多數時間是在厭惡自己那種容易受人影響的個性、那種想迎合別人的奴性。那段時間裡我也深深感受到雙魚座的拖延，因此申請是在截止日當天，出發也是被逼到不能再拖的最後一週才出發。

出發前一晚，打包好行李後，跟各工作單位與夥伴寫了訊息，我留下十分鐘的時間寫信給老師，幾乎提到這本書裡每件他教會我的事，與對他的感謝，當然也有對他不曾當面告訴我那件事的憤怒，像是與妻訣別信般，害我邊打字邊落淚。才幾分鐘時間而已，他回信了，對比我長且囉唆的信件，他只說：

「去菩提伽耶，佛祖都知道。」

就在我極度厭惡自己個性的當下，渴求佛祖為我開示的當下，老師的短信卻已不像以往為我帶來啟示，我想他對我突如其來的情緒也有點不知所措吧！我更厭惡自己起來，是我依賴他太多了，自己不思考，只想逼他給我一句金句得以參透人生。我是一個為了準備承擔中年危機反而得到中年危機的人，這趟旅行的收穫有很大部分來自於出發前的自省。於是拖拉許久，我終於踏上我的旅程。

我還是選了菩提迦耶成為我的第一站。

車子一路橫衝直闖，喇叭聲不曾停歇，我驚訝於沿路的「風景」——沒有一處平坦的黃土路、路旁堆積如山的廢棄物、燃燒廢棄物取暖的男人、不知是蓋一半還是倒一半的房屋、路旁尿尿的老人、躺在尿旁的小狗、哭泣爬行的嬰兒、追著風箏跑的小孩、瞎眼摸路的老婦、賣著一整排詭異橘色神像的攤販……一個緊急煞車我猛然撞上前座，原來是一隻牛悠閒地躺在半路上，牠的臉上滿是蒼蠅，骨瘦如柴，如先知般的眼神，有種能看穿人心的深邃。那一刻我覺得我來到了一個既是煉獄也像天堂的國度。

抵達民宿的第一件事，我打開水龍頭喝下滿滿一杯未曾煮過的生水，像個瘋子似的說：「我去他媽的印度！」這愚蠢、自以為浪漫的報應來得很快，當晚就開始上吐下瀉，直到天亮。我用讓我生病的水擦拭著我嘔吐過的嘴，生命總是如此循環輪迴，而一切都源自於我的無知，我一邊吐，一邊笑著自己。

帶著初生嬰兒在路上行乞的母親口中念念有詞地緊跟著我，是我大病初癒後走上街頭的第一個畫面，是心如刀割的掙扎。我想起在臺北的兩個女兒，就在幾天前我們還在公園玩耍，怎麼如今我身在這裡？最終我還是沒有給予那微不足道的零錢，這場景那幾天不曾間斷，女兒們的笑臉在我腦海中愈來愈明顯。每天我都來到菩提樹下坐著，不斷逼問自己悟道了沒？也在心裡問過那位長輩：「我來了，你能告訴我，我哪裡不夠好嗎？」心靜不下來，思緒無法停止混亂，我的眼淚呢？流不下來怎麼辦？佛祖會出現嗎？我找不到解答，必須繼續走下去看看。我在路邊喝了一杯滿是蒼蠅的印度茶後，隔天早上搭乘火車前往瓦拉納西。

我買了最便宜的火車票，等待的時間也不如前輩們說的久，大約只有三小時，這一點讓我非常失望。月台上也有牛，偶爾還有摩托車呼嘯而過，但一點也不會驚動一旁席地而睡的旅客們，他們不知道已經在這邊躺了多久了。每個人與動物，在這個對我而言極度混亂的世界裡，各自找到屬於自己的角落，然後安逸地存在著，互不打擾，而那些曾經我以為最重要的、最需要被立刻解決的，似乎也正在慢慢離我而去。但我還是在心中一一勾下checking list——乞丐，遇到了！牛，遇到了！火車，正要搭！肚子，拉過了！眼淚，還沒流下……。我還是以一種趕進度的方式想要完成我的流浪，以打怪的方式面對我遇到的每個狀況。

抵達瓦拉納西的第二天清晨五點，我走路前往碼頭，路上薄霧瀰漫，我跟宗龍寫了簡訊提到：「……清晨五點，先是看到一位神祕女子無事站在路邊，下一巷口隨即見到一群安靜男子烤火取暖，火光與煙霧很美，不知方向的遠處傳來像是『十三聲』裡唱咒的聲音，往碼頭的路上簡直像劇場……」我還是在工作，甚至比較像是采風之旅。但我還是駐足在那個像劇場的環境許久，那裡就像日後我參與製作「毛月亮」的最後一個場景一樣，煙霧中，透著清晨的微光，好美好美。

坐上渡船，天光未亮，我置身恆河中，第一次在旅程中得到安靜，岸邊建築依舊偶爾傳來念唱經文的聲音，宛如在天界。我於冬天前往，沒有見到那傳說中的金色日出，但是那一絲陰霾稍稍撫平我的混亂。船夫跟我語言不通，偶爾手指某個方向要我看，可能是鳥群可能是正在洗澡的人，我將手伸進有點味道不太乾淨的恆河裡，手上的水可能摻雜著各式排泄物、骨灰、刷牙洗澡的泡沫等，當初參與「聽河」時文宣裡提到關於河流的養生送死原來是這麼一回事，我好像也該把部分的我放在這條神聖的河裡，即將四十了，看看能否稍微沒有困惑些。

渡船的終點是火葬場，船夫問我是否下船？即便有點害怕，但實在不想放過機會。滿是灰燼的空氣讓我睜不開眼，滿是灰燼的牛與狗沒事般地躺在地上睡覺休息，一旁則是已成灰燼的身軀。引起我注意的是一名老人，一樣滿是灰燼躺在地上，我以為他正在「排隊」等待下一波起火，卻在這時候他咳嗽了一下，嚇得我倒退幾步。火葬場老員工笑著跟我說：「你看，死亡對他不算什麼，他只是在這裡睡覺而已。」他見我滿是疑惑的臉，索性帶著我介紹起環境，一般較低收入的人是用像這樣較便宜的木材燒，而那種木材較昂貴，是給比較有錢的家庭使用的，另一區則有許多人或坐或躺著，他們則是事先被家人安放在這裡等待的。我問等待什麼？

「等他們死啊！就可以在這裡燒了！」他說。

在那裡待到中午才回民宿，洗淨沾滿灰燼的身體，一部分煩躁也被我洗去；洗不淨的是衣服上的味道，以及對家人的牽掛。我在床上睡去，夢見了早上聽到的聲音、剛剛看見的老人、在臺北的家人，卻有點遺忘關於工作的一切，一切好像也沒那麼重要了，它們正以降低透明度的方式若即若離地慢慢消失中。

接下來的城市如安拉阿巴德、坎普爾、阿格拉、新德里……，看到遇到的吃到的聞到的大同小異，或許是因為checking list早已勾滿，整天只是讓自己疲累行走，希望從中得到答案。可悲的臺灣教育學生，連流浪都在找標準答案。我開始懷疑是自己悟性不夠，我問我自己到底最害怕什麼？到底想要看到什麼？

只差那滴眼淚就可以回家了嗎？被老師遺留在登頂的路上這件事離我似乎很遙遠了，環顧四周環境，少爺怕的也不是髒亂，少爺怕的是一個人，少爺怕的是離開層層綁住我的城市喧囂。

經歷十六小時多的火車，我抵達大吉嶺山腳下的小鎮米里克，那是一個位於海拔一千五百公尺的小鎮，沒有路燈與網路，只有茶園與森林，居民不多，幾乎每個家庭都擁有一台養活一家人的登山車。我找到一間民宿住下，那裡晚上八點就熄燈，比臺灣當兵還早。熄燈後，從房間望出去一片漆黑，偶爾聽見遠方還未睡覺的農家說話唱歌，沒多久遠方的燈也熄滅，歌聲也消失，才晚上八點多而已就能看見月光照亮的大自然，霧氣瀰漫山區，伸手真的不見五指，漸漸地透過月光可以看見遠方山嵐、樹林，與天上的星空，剎那間覺得好美，但是隨即一股恐懼湧上心頭，簡直要把我吞噬。對我而言這裡簡直是瘋人院，一望無際的病房，大城市再髒再亂我都不怕，這裡沒人沒網路，安靜到快要把我逼瘋！我慌亂地試圖站在每個房間角落獲得一格訊號，不用說４Ｇ了，連3G都沒有，連簡訊都傳不出去，更不用說想聽歌看影片。

第一個晚上我遭遇前所未有的恐慌，菸就抽了一包，想逃都不知道能逃到哪去；晚上九點不到，夜如同深不見底的隧道，使盡全力奔跑卻怎麼都出不去，躲在被窩裡想睡去，心裡的魔愈是想狂奔而出。山裡的冷直透進我骨頭裡，我在棉被裡發抖，身體與心理都被困在這裡，我幾乎打定主意隔天就要回國，顧不得任何事了，我想回家！

隔天想離開時，民宿主人問我要不要去後山森林走走？那裡因為靠近尼泊爾邊境，所以居民的長相、生活步調都跟先前經過的城市不太一樣，每戶人家像在世外桃源裡生活著，散步經過時他們也慷慨地給予非常開朗的笑容問候，不認識的小孩追著不認識的我玩耍起來，昨晚快要因為恐懼而發瘋的我，竟然喜歡起這個地方來。

不知走了多久，來到一座藏傳佛教小廟，無人看守，一旁居民見我有意參訪，熱情地引領著我進入參觀，並對我一一介紹。來到二樓，打開二樓木門上的生鏽鎖鏈，隨即映入眼簾的是一間充滿灰塵與歷史感的小廳，一旁的木頭窗戶引領陽光射入，塵埃在空氣裡以極緩慢的速度漂浮著；透過塵埃看見前方遠方一尊超過百年歷史的一層樓高的佛像，以一雙看透我的眼盯著我看。這一切都美得超乎我的想像，我覺得我回到家了，我看著祂，眼淚流了下來。

我在那個最不像印度、曾經最讓我害怕的地方住了一個月，每天早睡早起，早飯過後就到寺廟裡與森林呼吸，從此不再去想自己要找尋什麼，就生活著。

回到臺灣，忙碌依舊，我時常想起這趟旅行為我帶來了什麼？我覺得是在不惑之年為自己找回一種篤定。這份篤定包含了知道自己適合什麼，以及哪些不適合。出發前關於那些如何證明自己有所改變的擔心，已不重要，那是如人飲水的感受，況且我喝的還是印度的生水。

「佛祖有沒有告訴你什麼？」老師在我回來後找我吃飯時問道。

「有啊，佛祖說我應該要把祂請下供桌了，佛祖也累了。」我回答。

「哈！佛祖從來也沒有要上桌啊，是你自己把祂請上去的。」老師笑著說。

我笑而不答，老師的眼神讓我想起那尊佛像，嚴厲又慈悲。謝謝老師帶著三流走那麼遠的路，謝謝您！

十三聲

二〇一五年初，當時還是雲門二團藝術總監的宗龍獲得了兩廳院的正式邀請，為二〇一六年臺灣國際藝術節發表新作。宗龍回到了他出生的地方萬華尋根，從母親那聽到了一段鄉野傳奇，傳奇訴說著母親小時的街頭上有個能演能唱的叫賣人，每當他出現時總吸引街頭巷尾人潮跟隨，大家都稱這位早期的叫賣哥為「十三聲」，而「十三聲」也因此成為了這支新作的名號。

宗龍邀請了林強做為音樂設計，這個想法簡直完美，因為聽到強哥的名字後再也無法找到比他更適合的人選了。也沒想到強哥跟宗龍聊完後竟就一口答應，後來美術佳興、聲音指導蔡柏、戲劇指導關姚、服裝設計秉豪、燈光設計柏宏也都陸續加入，一股風雨欲來的旋風就此捲開。

在見面之前大夥已經來往書信談概念談了一陣子，宗龍總是附上一條短短連結，信件署名「看看」，很少有多餘的話語。強哥偶爾會有「很好，非常好」之類的簡短鼓勵回應，或一行「整個宇宙是陰陽，黑白或無聲亦是」這種讓人需要停下來思考的話語；他的書信底下總是在他的本名後，客氣地加上「禮敬」兩字，最下行則是附上「行有不得，反求諸己」一行提醒。這位我國中時期的叛逆目標，到底經歷了多少風霜，看盡了多少人情世故，才能在現在這個年紀寫下這行話？而我呢？我連叛逆的勇氣都沒有，可笑的是我原本還打算利用「十三聲」「復仇」的，只一心想證明給老師看，沒有他我也能飛，而且要飛高過他對我的期待很多很多。只是，印度流浪回來後這想法自己都覺得幼稚可笑，頓時失去復仇對象，再加上後來看到強哥這行「行有不得，反求諸己」，才真正明白自己不只不曾叛逆過，是根本還沒有長大。

創作是條不斷挖掘自己的過程，隨著每次往下挖，製造一點傷口，然後靜候傷口結痂。傷口有時候是其他人造成的，有些時候則是自己，最後將創作者帶到某種狀態，血液裡狂野與溫柔並存，很深的心裡不是算計，而是一種內斂，看似千瘡百孔，細看其實都是癒合後堅硬的皮質，這是初次遇見強哥後在我心裡留下的印象。沒想到眼前這位國中時期偶像，在彼此都過了各自的二十幾年後，還是繼續以另外一種方式讓人崇拜著，也不禁讓人感嘆這一樣的二十幾年，各自的進步與成長怎麼有那麼大的不同，我怎麼好像沒有長大過似的，對自己充滿洩氣。

從雲門離開回程的捷運上，我跟我的偶像並肩坐著，他要去士林我要回雙連，多數時間是沉默不語的，不過我難掩心中激動，想找話題突破尷尬。窗外的光影在他身上不斷掃過，我甚至想跟他訴說「向前走」這首歌對我的激勵，甚至我還模仿過他出道時的中分髮型。但想想實在太沒深度了，眼前這位偶像已經跑得太遠太遠了，應該說他從唱出向前走之後就一路走到了現在這裡，真的要問他這些事，也只是凸顯我的停滯而已。

最後，像個粉絲跟他聊了些跟侯導工作的過程，時間也過得很快，士林很快就到了，他用一種孩子氣的靦腆笑容跟我說他要下車，消失在人海中，我腦中還是想起「向前走」的錄影帶畫面。三流還在成為專家的路上跌撞著，但要成為像他這樣的典範，甚至成為經典，不知道再給我二十幾年是否會有機會？但很肯定的，再二十幾年後，強哥鐵定又會超越自己，可能會到宇宙某個更遙不可及的星球吧！

不久後，淡水清水祖師爺開始封街遶境，宗龍要我帶著相機陪他走走逛逛，那是我第一次參加。我第一次看到流著血的乩童在街上跳著，也慢慢認識了原來各間廟宇因為主祀神明的不同，而衍生出各種不同陣頭隊伍，而在經過所謂當代化改造之後，才陸續出現了像是電音三太子、噴火吉普車，以及身上滿是霓虹燈的神將，祂們也在學習著如何用當代的語彙與信眾溝通。

我長那麼大還是第一次參加這麼盛大的遶境活動，宗龍總是走在前面，偶爾回頭示意這邊有好看的畫面要我捕捉，當我拍完後他早已消失，我在人群中費勁找他，只見他又站在分隔島上看著其他陣頭了。他也在持續向前走著，那一刻我想起了當年成功嶺時的我們，他要我吃下那片西瓜的樣子，其實跟當下他要我去拍某段畫面沒有太大改變，出發印度前我也給他寫了信，他當時回我說：「早點去，就算都在一個城市也會令你有所心動，眼見為憑！」

鞭炮聲將我拉回現實，我被包圍在鞭炮、火光、霓虹、煙霧，以及人群、神明身上的顏色、家將臉譜的圖騰、嗩吶聲中，那個晚上的眼見為憑把我推進了「十三聲」的世界裡。那個晚上幾乎是無法入睡的，眼睛只要一閉上就看見當天的情景，各式喧囂聲在腦海裡揮之不去，這對創作者來說是極其痛苦卻珍貴的過程，好像有個東西呼之欲出，卻有可能持續幾個月都找不到。

很久以後的後來，「十三聲」拿到世界劇場設計展投影類銀牌的那個晚上，我在臉書上發表感言時，太太在上面留言說：「看你因為這個作品好多個夜晚無法成眠，恭喜你！」我才想起參與「十三聲」的過程幾乎都在嚴重失眠中度過，而且持續了超過半年以上的時間。

強哥的音樂陸續來了，讓整個創作有了輪廓，緩慢的我腦中還是沒有畫面，迫使著我幾乎每個有空的夜晚都來到萬華，只希望透過一次又一次的造訪能夠讓我靈光乍現。但就像前期的印度行一樣，新部隊，狀態不對，帶著答案卡想要迅速在當地取得答案的做法是失敗的，好幾次也只是吃了宵夜又回來，回程的路上只是更為沮喪。我的路徑是以龍山寺為中心向外擴散，每條巷弄都被我走遍三十次以上，幾乎已經熟悉到停好車準備開始走，看了天氣感受一下氣氛後，就能知道當天會不會有收穫的程度，更能夠區分平日與週間、晚上十一點前與晚上十一點後的不同樣貌。

從沒想過會對萬華有那麼深的認識，畢竟小時候對它的唯一印象就是父親去了當地的二手市場為我帶回一輛二手腳踏車，就連龍山寺我都鮮少踏入過，只知道那是一個龍蛇雜處、沒事不要亂靠近的區域。但就算現在有了新的認識，腦袋依舊一片空白，只能繼續維持著類似的行程，到了當地，打開掛在胸前相機的錄影功能，聽著強哥的音樂，持續行走。

一個近中年的男子深夜獨自行走在廣州街頭周邊，不像散步，更像觀察，想必旁人看來有些詭異，這些來回行走的路途上，也確實讓我看見聽見遇見過不少風景。曾經我走在一處騎樓下，見遠方一位遊民早已鋪好床正在睡覺，原本我是想安靜快步通過不打擾他的，卻在經過他的那一刻因為他的表情讓我駐足。他的身邊是幾罐喝完的米酒空瓶，喝醉的他躺在他用報紙鋪設的床睡著了，或許正在做著夢的他，臉上表情是我不曾看過的幸福美滿，那一刻我相信他是全世界最滿足快樂的人，沒有之一。我看著他許久，對照因為這個製作痛苦萬分的我，臉上沒有笑容的我，突然對他心生一股莫名的羨慕，如果真有彌勒佛的話，那一刻我相信我遇到了。

還有一次被男女歌聲如同卡農重疊的回音吸引進入滿是小吃部與練歌坊的巷弄內，彩色鏡球旋轉燈光閃耀，偶有小姐或三七仔在門口對我招手，示意我進去一同歡樂，在我禮貌性搖頭微笑之後，看到某小吃部門口坐著兩位比我年長許多的中年男子，地上散落啤酒酒瓶，約莫二十來支，其中一人早已醉倒，躺臥在門框上，另一人則對著無人的那邊，以為自己在跟醉倒的朋友講話似的，對著空氣猛力訓斥他。內容似乎是錢的問題，以三句訓斥夾帶著一句三字經國罵的節奏進行著，時而望著天空停頓，讓我想起我的素描課老師。當然還有很多路過路邊小姐的經驗，甚至是被持續跟隨一整條街的經驗，只記得她們身上濃厚的粉味與香水味。我也是在那一刻才意會到原來台語裡的「粉味」的意義。

某次再度來到巷弄中，裡面除了小吃部練歌坊外，更有腳底按摩店，按摩店門口有一中年男子看守，見我路過靠上前來，詢問要不要進去消費。我一樣禮貌性搖手示意，正打算加速離開時，他注意到我胸前相機，將我攔下詢問我是否在錄影？我對於這突如其來的舉動感到驚訝，驚訝著為什麼他會知道我在錄影？第一時間我是否認的，並打算離開，沒想到他一把抓住我手臂，要我停止錄影功能。

情急之下我跟他坦承我確實在錄影，但我並不會公開。他以為我是記者，我跟他說不是，他不死心地問我那既然不是記者錄這些要做什麼？我跟他說就算我說了你也不會懂，但我真的不是記者。他被我這句話激到，要我跟他解釋我的來意，我長嘆一口氣，覺得他有點煩，於是給了他一根菸，最後從包包裡拿出「十三聲」的文宣給他，跟他說我正在參與現代舞蹈的製作，這些錄影畫面都是research的過程，然後我又用了幾秒鐘思考了一下research的意思說給他聽。聽完後他跟我說他聽不懂，但總之最好不要再錄影，我問他為什麼大家都說不能在這裡錄？他吐了一口菸後用台語跟我說：「這裡都是在討生活的人，我們不要打擾人家，害人家做不了生意。」

這句話在我回程的路上不斷出現，每條巷弄裡的每間店，裡面的每一個人，不管是去消費的或被消費的，每個人的身後都背負著一段故事，他們並非都樂在其中，他們很多都迫於無奈，他們或許白天都有著其他角色身分，他們都有著某種原因讓他們到了夜晚來到這邊，成為另一個見不得光的自己。

我想起了剛剛發出去的那張「十三聲」的文宣，上面寫著生猛有力的字樣，再回想起這段日子以來所有自己看過聽過遇過的，那些沒有刻意排版的文字，那些用各種我以為難看字型的文字，寫著「一張40，三張100」的文字，以及各式各樣吸引我去買的文字，那些希望我注意到的，沒有上過色彩學的人展示出來的顏色，那些跟音樂節奏無關的燈光，不停閃爍著旋轉著各種顏色變化的燈光，那些小姐們身上的粉味香水味，即便刺鼻卻是她們自認為最能夠吸引人注意的味道，那是她們最大的誠意！

我想起好多好多，我感受到所有在那邊討生活的人，不管他們的生存方式為何，不管是不是高尚的或合法的，他們展現出來對於生存下去的力道，是所有人包含我自己都難以超越的，這些用力的生存力道在每個人身上形成一道道刻痕，他們教導著我，有時候迫於沒有辦法選擇時，自然就得放下。那個晚上之後，「十三聲」的影像長出了它的語彙，不再是要投射在哪裡的精密計算，而是更加自由的，像是巷弄裡的霓虹的，像是生存力道的刻痕般烙印在舞台上的光，少了計算與顧忌後，這個作品終於有了些叛逆。

過程中宗龍提出了「動物」的概念，他比喻說狗有狗的忠臣，老鼠則像是某種陰暗狡猾等等，然而經過測試後感覺不太對味，倒是錦鯉最後被保留了下來。他會提到錦鯉，主要是因為錦鯉在上述動物的討論中可以代表某種尊貴，而錦鯉除了廟宇外，通常也只有富貴人家才會在家中飼養。宮廟文化中時常提到「魚躍龍門」，透過在凡塵間的重重修練，擺脫身上枷鎖一飛沖天直達天界的意象，增添了不少故事性的表現空間，再加上錦鯉身上的花紋代表著牠們各自不同的身

（賣）價，十足像是人類世界的縮影。

為了拍攝錦鯉，我們詢問了多家廠商，最後找到願意提供場地，位於外雙溪的錦鯉園。實際探訪後我們才了解，拍攝需要的乾淨水質其實並不適合錦鯉的生存，因此我們必須縮短每隻錦鯉的拍攝時間，等攝影一切條件都準備好後才將要拍攝的錦鋰放入。事前我們先將一池水池的水放乾，進去鋪設黑布減少拍攝環境干擾，同時挑選各種花紋的錦鯉，並將牠們預先撈出放置在另一個池子裡，以免發生拍攝當天「大海撈魚」的窘境。

兩天的時間準備就緒後，我們等候太陽下山準備開拍，才意會到錦鯉也跟人一樣有著各種個性。有的錦鯉像是過動兒，一放入池中不用人趕就焦慮地在池子裡亂竄，激起無數水花，拍攝效果不佳。有的錦鯉則像是獲得了難得的度假機會似的，一放入只有牠的池子裡就不想再動，我們狠心地拿著竹竿想要稍微撥動牠，牠倒也無動於衷地悠然享受著牠的假期。最後，我們還是拍到幾段好的素材，這些表現好的魚也不是我們一開始寄予厚望的，不管是一開始「面試」時的花色或體型，都不是當時覺得的第一名，但是當牠們獨自下水時，在鏡頭下燈光下，竟展現出出乎人意料的精彩，這點也跟人類的世界有點相似呢。事後這一尾尾錦鯉化為光影，在地板上、大幕上任意遨遊，牠們也真的是魚躍龍門了，除了躍上了國家劇院的舞台，也在今年躍出臺灣，到歐洲繼續遨遊。

這些事後想想，如今寫來很多都變得美好，畢竟痛苦早因為一場場順利的演出與觀眾正面的回應被沖淡了，但這些痛苦也早已化為刻痕留在我身上，讓人無法忘記，時時刻刻要拿出來提醒著。有人曾告訴我他們最喜歡這支舞的最後一段，尤其是最後最後錦鯉游上劇院屋頂的畫面，我通常都是微笑地說聲感謝回應，其實對我來說這最後一段名叫「那卡西」的舞才是整齣「十三聲」最大要克服的課題。

當時強哥給了這首約莫二十多分鐘長不中斷的曲子，我相信宗龍也是面臨巨大壓力的。二十多分鐘裡要如何變化？要如何跟隨音樂？多了讓人眼花撩亂，可能會有影像蓋過舞蹈的憂慮，少了則覺得浪費可惜，似乎沒有跟音樂走在一起，可當我們真的走在一起時，可能會操翻舞者。處處都是難題，而且我很老實地說，這一大段影像一直到了我們進國家劇院準備首演前三天都還沒好，這聽起來簡直像是恐怖片的劇情了。

過程就讓我刻意遺忘吧，總之就是一直不對，我也被宗龍打槍打到火氣上來了，進劇院的週三晚上，距離首演只剩兩天的時間，在第N次被打槍後，我捺著性子試圖跟宗龍「講道理」。我跟他說我做的就是你上週跟我說的那個意思，現在你怎麼又跟我說起另一套故事了呢？我想我這突如其來的「講道理」真的激怒了他，也讓他開啟了承受許久的壓力釋放開關，他竟在觀眾席對我咆哮，然後氣得離開劇場。我雖覺得委屈，但事後也覺得自己不對，在這緊要關頭還生不出東西來，而不對的東西就是不對，我自己那關也沒過，竟還奢望著他點頭，只讓自己能夠輕鬆點。

晚上十一點，我再度回到工作室，打開電腦，宗龍也剛好打電話來，我們像是沒事般地討論，也沒有跟彼此說抱歉，但就像兩個國中生吵架後那樣，國中生跟對方說對不起就遜了不是嗎？電話過後，我想起了無數個類似這樣的夜晚，在我現場看了畫面覺得不對的無數夜晚，深深覺得自己沒有才華的時刻的無數夜晚，覺得自己為什麼總不能在進劇場前搞定一切的悔恨中的無數夜晚，我總會再度想起我那素描課老師用他那副帶著醉意微笑的臉，他總是在看過大家的素描後那樣笑著，然後望著天空說：

「……你們……就是……步驟不對……很多人……覺得……眼睛好畫……就先從……眼睛畫……然後……眼睛畫完……畫鼻子……鼻子畫完……畫嘴巴……畫著畫著……發現……全部……湊起來……變成一張……很怪的……臉……可是……不想……擦掉……因為……每一個……局部……看起來……都不錯……也都……花時間……畫了……捨不得擦……」

每當我在那樣的夜晚，最後我總會想起他的話，然後認份的，擦掉重來。當你開始認命，知道今天反正不用睡覺了，就會燃起一份安定，再也不需要糾結於幾點才能睡這樣不該是問題的問題了。那天晚上，我把關於這最難搞的段落砍掉重來，綁手綁腳的束縛都拿掉了，做完了那卡西這段影像。

首演當天七點鐘，開放觀眾進場了，我難掩首演前的焦慮，緊張地在後台來回踱步。宗龍走了過來向我使了個眼色，同時問我柏宏在哪裡？神祕兮兮地要我找到柏宏後等等在三號門碰面，一副有好東西但要私下分享的模樣，說完就轉身離開了。我找到柏宏時跟他說了這件事，他一臉「這個人又在假鬼假怪什麼了」的表情，但還是往三號門移動。

打開警衛室旁大門，外頭正飄著小雨，吸菸區裡傳來宗龍的聲音，菸頭在黑暗中燃燒著亮出一個小小紅點。我跟柏宏快步低頭躲雨走進，還不知道他葫蘆裡到底在賣什麼藥。只見他嘴裡叼菸，手從口袋中取出一張黃紙，原來是一張符令，是教導舞者在台上唱誦請神咒的老師特意給宗龍的，希望他在演出前找個看得到天空的空曠地方，點火化掉，祈求演出順利平安。我們抬頭看了看吸菸區，上面有屋頂，應該不算看得到天空吧？也考慮到三個黑衣男子圍在吸菸區內，看著一團焚燒物，可能會像某種犯罪現場嚇到過往觀眾而作罷。但是外面飄著雨，符令如果燒到一半被雨水澆熄了怎麼辦？於是我們東尋西找，最後找到吸菸區旁樹叢的正後方，三人冒著雨，柏宏跟我四隻手遮著符令，宗龍一手持符一手點火，在雨中看著這道符令化為灰燼。七點二十分，演出快開始了，我們各自回到工作崗位，期待著好戲終於要上演了。

演出算是成功的，當最後那尾錦鯉伴隨強哥的最後一聲電音蛻變游上屋脊時，觀眾都瘋了，伴隨而來的掌聲讓我的心也鬆了下來。我顧不得後台一片熱鬧烘烘與接下來的首演酒會，想要直奔三號門外，只渴望點起一根香菸。

正當我從靠近實驗劇場這邊的電梯出來，在走廊上轉往三號門時，竟在同條走廊遠方看見林懷民老師與人談話，我嚇得立刻轉回去，卻已來不及，被他看見。他用極大的音量喊說：「你在幹嘛？過來！」我眼看躲不掉了只好乖乖回去。他問我為什麼要躲他？我也不知道哪來的勇氣跟他說：

「我現在很想要抽一根菸，我不想聽到你的批評。」

他聽到這番幼稚言論倒也樂了，跟我說：

「我沒有要批評啊，我覺得你做得很好啊，來，我們抱一下。」

在跟他擁抱的當下，我的視線又模糊起來，太多太多的話想跟他說，但實在不想被他看見我正泛著淚，只好跟他一直抱著，也不想離開。

失去劇場的劇場人

二〇二〇年五月，正寫下這些文字的當下，因為疫情的關係，劇場已經關閉幾個月了，劇場人進不了劇場。也或許因為這樣的關係，才有時間、有機會寫下這些呢喃自語。

在寫著這些文字的每一刻，我總在想到底有多少人會掏錢買下這本書？會有人看到我寫的這些故事嗎？這些故事到底能為別人帶來些什麼？

或許藉由這些故事，讓大家看到一個創作者背後的千瘡百孔，或許因為這些往事，進而多認識了一點表演藝術從業者的生態吧！這樣算不算功德一件呢？我不知道，如果不算，也希望至少某些段落能夠讓你莞爾一笑；如果再不行，那我最終只能期待這本書可以留給我還年幼的兩個女兒，希望未來她們年紀稍長時，可以透過文字了解一個泡在劇場多年的老爸，當年在想什麼，以及他是一個一直試著堅強的人了。

當然這都只是我個人立場，我生性悲觀，看事情自然有我很大的偏頗，我也很想向那位以風為主題的設計為師，學得一派自在功法。不過至少請相信我那些用自曝其短的方式說故事，都是真心誠意的，我並不是刻意想要營造某種謙遜感，只是誠實地跟大家說明一路走來，我只有更加懷疑自己，我只是極力想要脫離三流，並努力像個專家，卻在過了四十以後發現，自己才華的天花板樓層過低，使盡力氣再往上一些些成為唯一的心願，或至少，盡力讓自己維持在某種好的狀態，不失去熱情、不爛掉。相信我，那比突破天花板更難。

總之，一路走來都是這樣跌跌撞撞的，然後就在我立下志向，想往某個終點再往下走的時刻，被襲捲全球的疫情強迫按下了暫停鍵，那一瞬間突然意識自己所處行業的脆弱，並提醒我這些年來的所有負面情緒，原來都不及我對這個行業的熱愛。

我渴望再回到那個我熟悉的地方，渴望著再看看投影投射在裡面的模樣，繼續鑽研著，哪怕再讓畫面好看一點點都好。

二〇二〇年五月，希望幾年後再次看著這些文字時我更進步了一些，做了更好的作品，劇場早已度過了難關，以更美麗的姿態，多元綻放著。

3 號門
Gate 3
劇院
入口

VOO0018

看不見的台前幕後

作　　者—王奕盛
資深主編—謝鑫佑
校　　對—謝鑫佑、王奕盛、吳如惠
行銷企劃—藍秋惠
美術設計—蔡南昇

總 編 輯—胡金倫
董 事 長—趙政岷
出 版 者—時報文化出版企業股份有限公司
一〇八〇一九臺北市萬華區和平西路三段二四〇號四樓
發行專線—（〇二）二三〇六—六八四二
讀者服務專線—〇八〇〇—二三一—七〇五
（〇二）二三〇四—七一〇三
讀者服務傳真—（〇二）二三〇四—六八五八
郵撥—一九三四四七二四時報文化出版公司
信箱—一〇八九九臺北華江橋郵局第九九信箱

時報悅讀網—http://www.readingtimes.com.tw
文化線粉專—http://www.facebook.com/culturalcastle/
法律顧問—理律法律事務所　陳長文律師、李念祖律師
印　　刷—勁達印刷有限公司
初版一刷—二〇二〇年七月十日
定　　價—新台幣三六〇元
（缺頁或破損的書，請寄回更換）

時報文化出版公司成立於一九七五年，
一九九九年股票上櫃公開發行，二〇〇八年脫離中時集團非屬旺中，
以「尊重智慧與創意的文化事業」為信念。

看不見的台前幕後 / 王奕盛著. -- 初版 -- 臺北市：時報文化, 2020.07
212面；14.8X21公分
ISBN 978-957-13-8247-0(平裝)

863.55
109008198

ISBN 978-957-13-8247-0
Printed in Taiwan